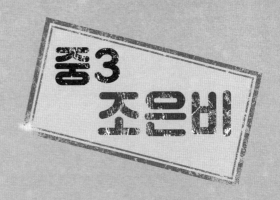

꿈3
조은비

양호문 장편소설

특별한서재

차례

불길한 예감

은비는 불안했다. 불안해서 도저히 가만히 앉아 있을 수가 없었다. 등굣길부터 시작된 불안감이었다. 집을 나서서 학교로 오면서도 수십 번 뒤돌아보고 또 돌아보았었다. 발걸음이 떨어지지 않아 억지로 끌다시피 해서 등교를 했었다. 후우! 후우! 마음을 진정시키려고 은비는 몇 차례 심호흡을 해봤다. 소용없었다. 오히려 더욱 초조해져 입안에 침이 마르고 손바닥에 땀이 고였다.

"어때? 내 설명 이해가 되지?"

"네!"

"안 되면 한 번 더 해줄까?"

"아니요!"

선생님의 질문과 아이들의 대답이 반복적으로 이어졌으나 아무 말도 들리지 않았다. 오로지 한 가지, 자신을 애절하게 부르는 소리만 귀에 잡힐 뿐. 빨리 와달라고, 제발 좀 와달라고, 눈물을 흘리며 애원하는 소리였다.

그 애원 소리는 점점 더 커져갔다. 마치 바로 옆에서 나는 것처럼 또렷하게 들렸다. 아, 어떡해! 어떡해! 그러자 은비는 더욱 안절부절못했다. 숨이 턱턱 막히고 식은땀이 나고 오줌을 찔끔거릴 정도였다. 고개를 숙인 채 눈동자를 굴려 교탁에 있는 선생님과 주변 친구들의 눈치를 살폈다. 지루하게 흐르는 시간. 45분 수업이 꼭 네다섯 시간이나 되는 듯이 느껴졌다. 무작정 뛰어나갈까? 마음 같아서는 그냥 자리를 박차고 뛰어나가고 싶었지만 차마 그럴 용기가 나지 않았다.

그 자리에 그대로 앉아 있지도 못하고, 그렇다고 교실 밖으로 뛰어나가지도 못하고, 진퇴양난이었다. 시간이 흐를수록 갈등 상황은 한층 더 몸과 마음을 괴롭혔다. 은비는 아예 책상 위에 엎드려 귀를 막고 눈을 감아버렸다. 그러자 이번에는 아침에 보았던 마지막 모습이 선명하게 떠올랐다. 눈을 더욱 꼭 감고, 심지어 손바닥으로 눈꺼풀을 덮어 눌러도 소용이 없었다. 마치 영화를 보듯 그 모습이 머릿속에서 생생하게 상영되었다.

"아, 종 울렸다."

수업 끝을 알리는 종소리가 천둥소리보다도 더 크게 들렸다.

영원히 계속될 것 같던 수업이 드디어 끝난 것이었다. 초등학교 6년과 중학교 3년을 통틀어서 가장 길고도 지루한 수업시간이었다. 선생님이 나가자마자 은비는 두 손으로 아랫배를 잡고서 살며시 일어났다.

"화장실?"

"……!"

옆자리 친구 현지가 화장실에 가느냐고 물었으나 대답하지 않았다. 그냥 고개만 한번 끄덕여주었다.

"다음 시간은 사회야."

"알아!"

다음 수업은 가장 무서운 사회 선생님 시간이니까 늦지 않게 빨리 갔다 오라는 말이었다. 늘 그랬듯이, 걱정스러워서 건네는 말투가 아니었다. 늦게 와서 네가 혼나는 꼴을 좀 보고 싶다는 의미가 진하게 배어 있었다. 은비는 교실을 나서서 곧장 화장실을 향해 뛰었다. 다른 아이들보다 먼저 가기 위해서였다. 다행히 빈칸이 있었다. 얼른 안으로 들어가 문고리를 건 뒤 숨을 죽이고 바깥 동정에 귀를 기울였다. 길어야 8분 아니면 9분이었다. 그 시간만 지나면 다음 수업 시작종이 울려 밖에 나와 있던 아이들은 모두 교실로 들어갈 것이었다. 그 틈을 타서 학교를 빠져나가야 했다.

"나중 일이야 어떻게 되든 일단 가야 해!"

가지 않고는 도무지 견뎌낼 수가 없었다. 교실로 되돌아가 다시 또 수업을 들으면 미칠 게 분명했다.

"그나저나 정문으로 나가야 하나? 아니야! 그쪽은 안 돼!"

아무래도 정문으로는 불가능할 것 같았다. 학생생활지도 담당인 체육 선생님이 불러서 물어볼 게 뻔했다. 무슨 변명을 대더라도 통하지 않을 것이었다. 어떻게 하면 좋을지 머리를 굴렸다. 몸이 아프다고 담임한테 조퇴를 해달라고 할까? 엄마가 병원에 입원했다고 해? 고개를 저었다. 마땅한 핑곗거리가 없었다. 핑계를 댄다고 해도 집에 전화를 걸어 엄마한테 먼저 확인을 해볼 테니 대나마나였다. 담임의 철저함에 기가 질린 지 이미 오래였다.

"다 들어갔구나!"

아이들의 수다 소리가 끊기고 밖이 조용해졌다. 곧 수업 시작종이 크게 울렸다. 일단 은비는 문을 조금 열고서 화장실에 아무도 없음을 확인했다.

"이제 됐어! 나가자!"

가만히 화장실을 나선 다음 좌측으로 방향을 틀었다. 고양이 걸음으로 살금살금 걸어 학교 뒷마당으로 갔다. 체육 선생님이 수업중인 운동장을 가로질러 통과해야 하는 정문보다는 뒷마당 쪽이 훨씬 덜 위험했다. 운이 좋으면 들키지 않고 학교를 빠져나갈 수 있을 것이었다. 예전에는 감히 꿈도 꾸지 못한 일,

땡땡이. 그러나 지금은 상황이 달랐다. 마치 초강력 자석에 끌려가는 쇳조각처럼 몸이 저절로 움직여졌다.

은비는 주위를 살피며 화단으로 깊숙이 들어갔다. 백일홍과 샐비어를 헤치고 코스모스 뒤로 돌아 담장 밑에 이르렀다. 그 자리에 쪼그려 앉았다. 안전을 확인한 후, 조심조심 담장을 따라 오리걸음으로 10여 미터를 더 전진했다. 담장이 가장 낮은 곳을 찾기 위해서였다. 하지만 없었다. 아무리 찾아봐도 타넘을 만한 곳이 보이지 않았다. 반대쪽으로 갈걸! 후회가 되었다. 고개를 뒤로 돌리고 반대쪽에는 마땅한 곳이 있나 살폈다. 그쪽도 마찬가지였다. 마치 교도소의 담장처럼 시멘트 블록이 똑같은 높이로 학교를 에워싸고 있었다. 손을 위로 뻗어 높이를 재보았다. 까치발을 하고도 손끝이 닿지 않았다. 키를 넘는 높이라 넘어가기가 쉽지 않아 보였다.

"더도 말고 딱 5센티미터만 더 크지!"

친구들보다 6, 7센티미터나 작은 키가 너무 야속했다. 에이! 하필 엄마 아빠의 작은 키를 유전 받아서……! 엄마 아빠가 원망스러웠다. 그러나 큼직한 돌멩이만 하나 있으면 시도해볼 만했다.

"돌멩이! 돌멩이!"

은비는 발판이 될 만한 돌멩이나 나무토막을 찾았다. 하지만 잔디가 촘촘하게 가꿔진 화단에 그런 게 있을 턱이 없었다. 좌우 사방을 꼼꼼히 찾아봐도 눈에 띄지 않았다. 정문으로 나가는 수밖에 없겠다는 생각이 들었다.

"안 돼! 그건 불가능해!"

고개를 저었다. 정문으로 가려면 우선 교무실 앞을 지나야 했다. 그러니 운동장에 이르기도 전에 교무실 안에 있는 선생님들 중 누군가에게 들킬 확률이 90퍼센트가 넘었다. 특히 교감선생님한테 들키면 그대로 끝이었다. 복도에서 창피한 벌을 받는 것은 물론 반성문을 쓰고, 부모님이 소환당하고, 벌점 15점 부과에 일주일 동안 교무실 청소까지 해야만 되었다. 일단 학교에 오면 수업이 다 끝나기 전에 학교 밖으로 나가는 건 절대 허용되지 않았다.

두리번거리던 시야에 벽돌이 들어왔다. 자세를 바짝 낮추고 화단 앞쪽으로 기어가 금잔화 사이로 손을 내뻗어 벽돌을 잡았다. 화단 경계석 삼아 한 줄로 가지런히 땅에 박아놓은 벽돌이었다. 몇 번 흔들자 다행히도 쉽게 빠졌다. 벽돌 두 개를 빼들고 다시 담장 밑으로 돌아와 겹쳐 쌓았다. 그래놓고 뒷마당과 교실 1, 2층 복도를 한 번 더 확인했다. 선생님도 학생도 보이지 않았다. 절호의 기회였다.

"지체 말고 얼른 넘어가야 해!"

서너 차례 손가락 운동을 한 뒤 입술에 침을 발랐다. 벽돌 위로 올라서서 팔을 높이 들었다. 담장 윗부분에 손가락이 닿았

다. 이제 턱걸이를 하듯이 팔에 힘을 주어 몸을 끌어 올려야 했
다. 심호흡을 크게 하고 난 은비는 양쪽 팔에 힘을 주었다. 그
렇지만 생각처럼 그리 쉽게 되지 않았다. 담장 윗부분 난간에
손가락을 걸치고 오로지 손가락 힘으로 몸을 끌어올리는 건 만
만한 일이 아니었다. 철봉처럼 꽉 움켜잡지를 못해 힘을 제대
로 쓸 수가 없었다. 낑낑거리면서 두 번이나 시도했으나 실패
하고 말았다. 손가락이 뻐근하고 이마에는 땀방울이 맺혔다.

　은비는 잠시 숨을 골랐다. 깊은 숨을 들이마시고 내쉬고를
여러 차례 반복했다. 그런 다음 다시 담장 윗부분을 잡았다. 그
때였다. 발자국 소리가 들렸다. 반사적으로 고개를 돌려 소리
가 나는 쪽을 바라보았다.

　"어?"

호랑이도 제 말하면 온다더니, 그 많은 선생님들 중에 하필이
면 교감 선생님이었다. 눈매가 매섭고 콧날이 날카로운 교감
선생님이 뒷마당으로 다가오고 있었다. 학교 잡일을 하는 소사
아저씨와 함께였다. 손에 공구를 든 것으로 보아 뒷마당에 있
는 수도꼭지를 고칠 모양이었다. 수돗가까지의 직선거리는 불
과 30여 미터. 화단 가운데에 서 있는 사철나무가 가려주기는
해도 발각될 위험이 높았다.

　"으이이이!"

　다급했다. 열 손가락에 온 힘을 모으고 다시 몸을 끌어올렸

다. 팔이 부들부들 떨렸다. 하지만 조금씩 위로 올라갔다. 운동화 끝으로 담장 벽면을 짚어가며 젖 먹던 힘까지 쏟아부었다. 그렇게 해서 간신히 오른쪽 다리를 담장 위에 걸쳤다. 이제 반은 성공한 것이었다.

"꼭지가 자주 망가지니까 단단히 손을 봐야 해요! 하루 종일 줄줄 새는 수돗물을 돈으로 치면 얼맙니까?"

"그거 참! 단단히 손을 봐놨는데도 극성스런 애들이 있어서 얼마 못 가네요. 잡아서 혼을 내든지 해야지 원!"

"극성스런 애들이 있으니까 더 단단히 해야죠!"

"네! 이번에는 아주 확실하게 해놓겠습니다, 교감 선생님!"

교감 선생님과 소사 아저씨의 대화 소리가 들렸다. 가슴이 철렁했다. 등줄기로 식은땀이 흘렀다. 으으으! 손가락보다는 담장에 걸친 오른쪽 다리에 더 많은 힘을 줬다. 몸이 조금 더 위로 올라가자 잽싸게 오른팔을 반대편으로 넘겨 담장을 감싸듯 안았다. 그와 동시에 오른팔과 오른발에 마지막 힘을 가했다. 그러자 몸이 담장 밖으로 넘어가며 교복 치마가 크게 펄럭이는가 싶더니, 쿵! 땅바닥으로 곤두박질치고 말았다. 그 충격이 순식간에 전신으로 퍼져 나갔다. 숨이 막히고 통증이 밀려들었지만 벌떡 일어나 찻길을 향해 쏜살같이 달렸다. 성공이었다.

은비는 학교에서 멀리 떨어진 면사무소 앞 버스 정류장 벤치에 앉아 땀을 식혔다. 아직은 안전한 게 아니라서 최대한 몸을 감추고 버스가 오기를 기다렸다. 하지만 공영버스는 좀체 오지 않았다. 학교를 빠져나온 지 40분이 넘었는데도 버스는커녕 경운기 한 대 나타나지 않았다. 괴산읍에서 출발하는 공영버스는 감물면사무소 앞을 지나 백양리, 이담리, 하문리 등의 몇몇 마을을 거쳐 종점인 구월리까지 가는 것이었다.

"차가 왜 이렇게 안 오는 거야?"

하루 세 차례 운행하는 버스로 아침에 학교 올 때와 저녁에 집으로 돌아갈 때 이용했다. 그 사이 중간 시간대에 있는 버스는 타본 적이 없었다. 사실 정확한 운행 시간도 몰랐다. 혹시 동네 사람들 차량이나 경운기가 나타나지 않을까 해서 눈에 힘을 주고 살폈으나 헛일이었다. 아무것도 나타나지 않았다. 벤치에서 일어났다. 마냥 기다리고 있을 수가 없어 걸어가기로 했다. 빠른 걸음으로 간다면 구월리까지 한 시간 정도면 될 듯도 싶었다. 재수 좋으면 가다가 경운기 한 대쯤은 만날 수도 있을 것이었다.

"그래! 경운기는 만나겠지!"

면사무소 앞에서 출발해 2백 미터쯤 걷자 금세 농로가 나왔다. 시멘트로 포장된 농로였지만 책가방이 없어서 걷기가 수월했다. 자세를 바르게 하고 발을 쭉쭉 내뻗어 걸었다. 길 가장자리에 늘어서서 하늘거리는 코스모스들, 논마다 누렇게 익어가는 벼이삭들, 공중에 몰려 맴돌이 춤을 추고 있는 고추잠자리들, 완연한 가을 풍경들이 펼쳐져 있었으나 전혀 느끼지 못했다. 오로지 앞만 보며 구월리 집을 향해 부지런히 걸음을 옮겼다. 농로 중간쯤에 가서는 조금이나마 시간을 단축해보려고 가볍게 뛰기 시작했다. 빨리 좀 와달라고 애원하는 소리가 또 귀에 들렸기 때문이었다. 등교 전에 마지막으로 본 모습도 다시 눈앞에 나타났다. 왕방울만한 눈에서 눈물이 철철 흐르고 있었다. 뛰는 속도가 점점 빨라졌다.

"안 돼! 죽지 마, 제발!"

그 말을 내뱉자마자 양쪽 눈에 아침이슬 같은 눈물방울이 대롱거렸다.

한참을 달려 농로와 찻길이 만나는 지점으로 들어섰다. 길옆에 주인이 버리고 떠난 폐농가 한 채가 시커먼 괴물처럼 움츠리고 있는 곳이었다. 그곳에 이르자 땀으로 속옷이 젖고 숨이 차 더 이상 뛸 수가 없었다. 멈춰 서서 허리를 굽혔다. 두 손으로 양쪽 무릎을 짚고 숨을 헐떡였다. 헐떡이는 자신의 숨소리를 들으니 더욱 슬퍼졌다. 처음 만났을 때의 끔찍스런 광경이 고스란히 떠올라 감정이 북받쳤다.

고개를 돌려 면에서 올라오는 아랫길을 살폈다. 버스도 오지 않고 경운기 역시 없었다. 다시 힘을 내서 걸음을 떼어놓았지만 마음만 급할 뿐 발이 제대로 움직여주질 않았다. 지쳐서 걸음걸이가 자꾸 흐트러졌다. 터벅 걸음으로 얼마쯤 가자 저 앞쪽에 이담 저수지가 보였다. 오전 햇살이 내리비치는 이담 저수지는 백금가루를 뿌려놓은 듯 수없이 반짝거려 눈이 부셨다.

"경운기도 차도 안 오네! 그러면 이쪽 길로 빨리 가야 해!"

은비는 겨우 이담 저수지에 이르러 우측 농로로 들어섰다. 저수지 위쪽으로 난 작은 길은 구월리로 가는 지름길이었다. 버스길로 빙 돌아 달천 옆을 통해 가는 것보다 거리를 반이나 줄일 수 있었다. 괴산 읍내에 장이 서는 날에는 저수지 앞에서 내려 종종 걸어가곤 했었다. 장날에는 각 마을 사람들로 버스가 꽉 차 호흡조차 할 수 없을 정도로 답답했기 때문이었다.

저수지 위 농로로 들어가 20여 미터 정도 갔을 때였다.

"누나! 은비 누나!"

방금 지나온 찻길에서 누가 이름을 불렀다. 뒤돌아보았다. 진석이었다. 진석이가 자전거를 타고 꽤 빠른 속도로 달려오고 있었다. 진석이가 가까이 올 때까지 기다렸다. 쟤가 어떻게 학교를 빠져 나왔을까? 의아해하며 오는 모습을 지켜보았다. 얼마나 빨리 달려왔는지 진석이도 얼굴과 목이 땀으로 번질번질했다.

"뭐야? 너도 땡땡이 친 거야?"

"응! 한 번 쳐봤지!"

"어떻게?"

"쉬는 시간에 누나가 안 보이기에 집에 갔구나 판단하고, 자전거 고치는 척하다가 그냥 죽어라 달렸지. 타!"

뒤에 올라타고 허리를 잡자 진석이가 다시 페달을 밟았다. 둘은 말이 없었다. 어디에 가는지, 왜 가는지 서로 잘 알고 있었기 때문이었다. 그렇게 묵묵히 얼마간을 달려간 후 산길로 이어지는 지점에서 멈췄다. 백양리에서 구월리로 넘어가는 좁고 경사진 흙길이었다. 그 오솔길을 따라 야트막한 까치고개를 넘으면 구월리였다.

"죽었을까?"

"······!"

진석이의 물음에 은비는 대답하지 않았다. 오늘 아침 등교 전에 진석이도 함께 보았기에 굳이 대답을 안 해도 충분히 예측할 수 있을 것이었다. 그리고 죽었을지도 모른다는 말을 차마 자기 입에 담을 수가 없었다. 왠지 죽음이라는 단어를 발음하기가 꺼려졌다. 솔직히 두려웠다. 만약 죽어 있다면 그 충격을 도저히 감당하지 못할 것 같았다. 은비는 걸음을 빨리 해서 진석이를 앞서갔다. 진석이가 자전거를 끌고 뒤쫓아오며 같이 가자고 그랬으나 못들은 척했다. 오히려 걸음 속도를 높여 거리를 더욱 벌렸다.

좌우 측이 각종 잡목으로 빽빽한 까치고갯길은 조용했다. 그 흔한 산새 울음소리 한 번 나지 않았다. 은비와 진석이의 발자국 소리, 거친 숨소리만 규칙적으로 들릴 뿐이었다. 은비는 걸음을 내딛을 때마다 포슬포슬 피어오르는 흙먼지를 보며 제발 죽지만 말아달라고 기도했다.

"죽지 마! 제발! 죽지 마!"

그처럼 간절한 기도를 해보기는 16년을 살아오는 동안 단 한 번도 없었다.

한 걸음 한 걸음마다 기도를 반복하면서 부부 장승이 서 있는 고개 정상까지 올랐다. 다시 숨이 찼다. 잠시 쉬었다가 진석이와 같이 갈까 하다가 그대로 곧장 아래로 내려갔다. 내리막길이라 보폭은 넓어지고 힘은 덜 들었다. 하지만 첫 굽이를 돌아 저 아래 구월리가 보이기 시작하자 그 자리에 얼어붙고 말았다. 강력 본드로 접착을 시켜놓은 듯 발이 땅에 들러붙어 떨어지질 않았다.

뒤에서 고막을 찢는 자전거 브레이크 소리가 들리고 진석이가 옆으로 와서 섰다.

"자, 타!"

진석이가 다시 자전거에 타라고 했으나 고개를 저었다. 가슴이 떨리고 울렁거려 몸을 움직일 수가 없었다. 차마 눈 뜨고 보지 못할 처참한 광경이 눈앞에서 자꾸 맴돌았다. 두 눈을 질끈 감아봐도, 머리를 도리질 쳐봐도 그 광경은 좀체 사라지지 않았다.

"그럼, 누난 여기서 기다려! 내가 먼저 가보고 느티나무 밑에서 신호를 보낼게."

"응! 그래!"

진석이가 자전거를 타고 고갯길을 달려 내려갔다. 빠른 속도라 진석이는 금세 두 번째 굽이로 들어가버렸다. 은비는 지붕 일부가 보이는 자기 집에 시선을 고정시킨 채 진석이의 신호를 기다리기로 했다. 파란색, 주홍색, 녹색의 집들이 옹기종기 모여 있는 구월리는 고향을 버리고 도시로 떠나간 몇몇 폐농가를 빼고 전체가 40호쯤 되었다. 은비는 주홍색인 자기네 집 지붕을 볼 때마다 잘 익은 홍시를 연상했다. 집 뒤에 두 그루나 있는 감나무에 감이 주렁주렁 열려 익으면 희한하게도 지붕 색깔과 똑같아졌다. 아직 감은 다 익지 않았다. 진석이네도 감나무가 있었다. 마을 뒷동산 쪽으로 두 집 건너 세 번째 녹색 지붕이 바로 진석이네 집이었다.

진석이가 마을 앞길에 나타나 느티나무를 지나는 모습이 시야에 잡혔다. 그러나 곧 고샅길로 사라져버렸다. 이제 조금만 기다리면 신호가 올 것이었다. 초조와 불안이 더욱 심해졌다. 은비는 자신도 모르게 발을 동동 구르고 입술에 자꾸 침을 축였다. 1분, 2분, 시간이 흘렀다. 하도 오랫동안 느티나무 밑을 바라보고 있어서 눈이 시큰했다. 눈을 서너 번 끔뻑거리고 나서 시선을 마을 주변으로 옮겼다. 마을을 에워싸고 있는 밭들은 가지각색의 담요를 잇대어 꿰매놓은 듯했다. 서로 다닥다닥

빈틈없이 붙어 마치 색종이 오려붙이기를 한 미술 작품 같았다.

"엄마 아빠는 지금쯤 뒷동산 너머에 있는 밭에 나가 땅콩을 캐는 중이겠지!"

오늘 아침에 밥을 먹자마자 마당에 고추를 펴서 넌 뒤 땅콩을 캐러 간다고 그랬었다. 밥상머리에서 화를 내던 아빠의 목소리가 아직도 귀에 생생했다.

"은비 너, 분명히 얘기 했으니까 그렇게 알아! 30만 원이면 우리한텐 큰돈이야."

"그래! 내가 보니 오늘 점심때도 넘기지 못할 게 분명해. 잘된 거지 뭐!"

엄마도 아빠 편이었다. 동생 은혁이도 마찬가지였다. 은혁이는 아주 한 술 더 떠 아예 미리 죽이자는 말까지 내뱉었다. 은비가 눈을 허옇게 까뒤집고 흘겨보았으나 꿈쩍도 하지 않았다. 오히려 다 죽여야 한다며 대들었다.

"그런 거 살려주면 안 되는 거잖아?"

"안 되긴 뭐가 안 돼?"

"죽이라고 허락해준대! 그치, 아빠?"

"맞아! 죽이라고 허락해줘."

아빠와 장단이 척척 맞았다. 아주 잘 어울리는 부전자전 붕어빵이었다.

"살려주면 그 피해가 얼만데?"

엄마도 적극적으로 거들었다. 그렇게 3대 1의 싸움이 시작된 지 벌써 사흘째였다. 그러나 절대 물러날 수 없는 일이었다. 끝까지 맞서야 했다.

10분이 지나고 15분이 다 돼 가는데도 진석이의 모습은 나타나지 않았다. 얼른 확인해서 알려주시 않고 내체 뭐하는 것인지, 속이 타 죽을 지경이었다. 아무래도 무슨 일이 생긴 게 분명했다. 그렇지 않으면 이렇게 시간이 오래 걸릴 리가 없었다. 학교에 두고 온 휴대폰이 생각났다. 지난 6월, 근 한 달이나 엄마를 조르고 졸라, 아버지가 초등학교 졸업 선물로 사주어 3년 동안 쓰던 헌 것과 교체한 새 휴대폰이었다. 그것도 1학기 중간고사에서 전체 평균 4점, 전교 석차 6등이 올라서 가능했던 것이었다. 학교에서는 휴대폰을 일절 사용하지 못하게 단속했지만 아이들은 몰래몰래 쓰곤 했다. 엄마가 애초에 인터넷 접속을 차단해놓아 은비는 별로 사용하지 않았으나, 긴박한 순간에 없으니까 몹시 아쉬웠다.

조바심으로 애를 태우던 은비는 그 자리에 주저앉았다. 마음을 진정시키려고 시선을 멀리 두고 심호흡을 여러 차례 했다. 마을 들판을 가로질러 바람이 불어왔다. 아직 덜 익은 농작물들이 순차적으로 몸을 숙이며 파도를 만들었다. 그에 호응을 하듯 야산 나무들이 일제히 가지를 흔들어 나뭇잎을 우수수 떨어뜨렸다. 길가에 무더기로 피어 있는 각양각색의 코스모스들도 미친 듯이 몸부림을 쳤다. 은비의 머리카락도 커튼자락처럼 나부꼈다.

바람이 불고 나뭇잎이 떨어지고 은비의 머리카락이 흔들리고, 바람이 불고 나뭇잎이 떨어지고 은비의 머리카락이 흔들리고. 그렇게 서너 차례나 반복되었다. 하지만 마음이 가라앉지 않아 은비는 공연히 코스모스 꽃송이를 손바닥으로 쓸었다. 돌멩이를 주워서 산 쪽으로 던지기도 했다. 저번 날 진석이와 함께 기어 올라갔었던 그 산등성이였다. 얼마 동안 산등성을 멍하니 바라보다 벌떡 일어났다. 그러고는 제자리에서 맴돌기도 하고 갈 길을 잃은 송아지마냥 이리저리 오가기도 했다.

어찌할 바를 모르던 은비는 어느새 고갯길 두 번째 굽이까지 내려갔다. 의식하지 못한 채 한 걸음 한 걸음 걷다 보니 거기에 이른 것이었다. 진석이는 여전히 나타나지 않고 있었다. 밤늦게 소쩍새가 날아와 애처로이 울곤 하던 느티나무 아래에는 아무도 없었다. 항상 대여섯 명의 마을 노인들이 앉아 이야기를 나누곤 했었는데, 다들 밭에 나가 일을 하는지 오가는 사람 한 명 보이지 않았다. 유령 마을인 양 동네에는 아무 움직임도, 아무 소리도 없었다. 답답하고 궁금해서 미칠 것만 같았다. 1분, 2분, 시간이 지날수록 불길한 예감은 더욱 짙어져 갔다.

"죽은 거야. 죽은 게 틀림없어!"

예감은 이제 확신으로 굳어졌다.

"죽었기 때문에 진석이가 나타나지 않는 거야. 차마 나한테
그 사실을 알릴 수가 없어서. 분명해!"

눈물방울이 뺨을 타고 내려 오솔길로 떨어졌다. 지금 진석이도
울고 있을 거야! 은비는 오솔길 위에 눈물방울을 점점이 떨구
면서 마을을 향해 걸었다. 버드나무처럼 휘청거리는 걸음으로
까치고갯길을 내려갔다.

"어떡해? 어떡해?"

마을 입구의 느티나무가 가까워지자 참고 있던 울음보가 터
져 눈물이 홍수를 이루었다. 은비는 엉엉 소리를 내며 고샅길
로 들어가 자기 집 철대문 앞에 다다랐다. 진석이 자전거가 쓰
러져 담장에 비스듬히 기대어 있었다. 열려진 쪽문으로 마당을
살폈다. 진석이가 보이지 않았다. 인기척도 나지 않았다. 집으
로 들어가려고 허리를 굽혔다. 그러나 가슴이 떨려 발을 철대
문 안으로 들여놓을 수가 없었다. 마당에 가득 널려 있는 빨간
고추가 흥건히 고인 검붉은 피로 보여 섬뜩했다.

"진석아! 진석아!"

소리쳐 불렀다.

"어! 들어와, 누나!"

진석이의 대답 소리였다.

"주, 죽었어?"

두근거리는 가슴을 두 손으로 누르고 조심스레 물었다.

"아니, 안 죽었어!"

"정말?"

반가움과 놀라움이 섞인 목소리가 튀어나왔다.

"응! 정말이야. 와서 보라니까!"

은비는 마당으로 후다닥 뛰어들어 뒤꼍까지 쏜살같이 달려갔다.

험악한 인상

　은비네 집 뒤꼍 빈 돼지우리 앞에는 마을 어른 예닐곱 명이 모여 북적거렸다. 마을에서 가장 부자로 왕처럼 행세하는 김씨 할아버지도 있었다. 그는 구월리의 유일한 2층 양옥인 슬래브 집에 사는 일흔여섯 살 노인이었다. 심심하면 전국에 흩어져 있는 3남 3녀 자식들 집을 징검다리 식으로 거치고 거쳐서 한 바퀴씩 돌아오곤 했다. 돌아와서는 몇 째한테는 무슨 만난 음식을 대접받았고, 몇 째한테는 용돈을 얼마나 받았다고, 입이 찢어지도록 떠벌려댔다. 청주에서 그릇 도매상을 크게 한다는 막내아들 집에 있다가 돌아온 지는 채 일주일이 되지 않았다.

　"아, 글쎄 내가 35만 원 준다니께."

　"아닙니다, 어르신! 이미 송 영감님한테 주기로 약속을 했습니다."

"송 영감보다 내가 5만 원이나 더 주는데도?"

김 씨 할아버지의 제안에 아빠는 아무 대답도 하지 않았다. 돼지우리 속에 시선을 둔 채 두 눈만 끔뻑거릴 뿐이었다. 엄마 역시 말없이 눈동자를 굴리며 아빠와 김 씨 할아버지를 번갈아 쳐다보았다. 묘한 긴장감이 밤안개처럼 소리 없이 흘렀다.

"좋아! 그럼 내가 40만 원 줄라네. 아, 송 영감이랑 계약서를 쓴 것도 아니잖어? 돈을 한 푼이라도 많이 주는 사람한테 팔면 되는 거여. 송 영감도 뭐라구 말 못 한다구. 안 그려?"

몰려든 동네 어른들이 옳습니다, 맞습니다, 그렇습니다, 하며 김 씨 할아버지의 말에 동조를 해주었다. 그에 힘을 얻은 김 씨 할아버지가 아빠한테 결정을 강요했다.

"어쩔 텐가? 나한테 40만 원 받을 텐가, 송 영감한테 30만 원 받을 텐가?"

아빠가 입맛을 쩝쩝 다셨다. 눈동자가 가늘게 떨리고 있었다. 마음이 흔들린다는 증거였다. 하지만 선뜻 대답하지 못하고 망설였다. 그런 아빠를 곁눈으로 바라보던 엄마가 손을 뻗어 아빠 옆구리를 쿡 찔렀다. 그제야 아빠가 입을 열었다.

"조, 좋습니다, 어르신! 그렇게 하지요."

"그럼! 약속이고 뭐고, 이왕이면 한 푼이라도 더 받는 게 좋은 거여! 그게 똑똑헌 거라구!"

김 씨 할아버지가 돼지우리로 다가섰다. 바짝 다가서서 탐욕스런 눈빛으로 우리 안을 살폈다. 군침을 삼키는 김 씨 할아버지를 흘겨보며 은비는 더욱 꼭 '슬픈눈'을 끌어안았다. 김 씨 할아버지가 흡사 마귀할멈처럼 보였다. 나쁜 늙은이! 그는 비록 나이는 일흔여섯 살이지만 건강은 쉰여섯 살 같은데도 보신이라면 물불을 안 가리는 노인이었다. 두 눈에서 늘 탐욕의 불꽃이 이글이글 타올랐다. 재작년에는 중국 여행을 가서 서른 가지가 넘는 보신 음식을 다 먹어보고 왔다고 자랑을 해댔었다. 여름날 느티나무 밑에서 동네 사람에게 하는 말을 은비는 들었다. 혐오스럽기도 하고 역겹기도 한 얘기였다. 하지만 그때는 우스갯소리로 뻥을 쳐서 하는 말이겠거니 여겨 별로 신경을 쓰지 않았었다.

"음! 쩝! 아직 죽지는 않았지?"

"예! 생각보다 명이 긴 놈입니다."

굽실거리는 자세로 아빠가 '슬픈눈'의 상태에 대해 자세히 설명을 했다. 어제 죽을 줄 알았는데 어르신을 위해 아직도 살아 있다며 아부송을 읊더니, 그게 다 어르신을 만나려고 그런 모양이라며 손바닥을 비볐다.

"숨이 끊어지기 즌에 삶아야 효험이 더 좋댜!"

"먼점 피를 쪽 빼서 그대루 마시구 말여, 그 담에 털만 대충 끄실러개지구 가마솥에 눙구설랑 소낭구 장작불로 한나절 푹

고아……. 캬!"

"올봄에 태어났을 테니 아직 6개월이 되기 전이여. 요만헐 때가 젤루 좋아! 닭으루 치면 약병아리여, 약병아리! 쩝쩝!"

다른 아저씨들도 한마디씩 거들었다. 그러면서 그들도 군침을 연신 삼켜댔다. 어른들은 모두 한통속이었다. 단 한 명도 중상을 입은 슬픈눈을 불쌍해하거나 가엽게 여기지 않았다. 단지 한 끼의 먹을거리나 몇 푼의 돈벌이로 여길 뿐이었다. 은비는 그런 어른들이 하나같이 싫었다. 이맛살을 찡그리고 그들을 차례차례 쏘아보며 두 눈을 부라렸다. 특히, 눈알이 빠근하도록 아빠와 엄마 그리고 김 씨 할아버지를 노려봤다. 손톱으로 한 번씩 얼굴을 할퀴고 싶어 손가락이 근질근질했다.

"은비야, 이제 어서 내드려!"

아빠가 무거운 목소리로 명령했다.

"너, 미쳤어? 얼른 내드려!"

엄마도 얼른 내주라며 눈총을 마구 쏘았다. 은비는 엄마와 잠시 눈싸움을 벌이다 크게 소리쳤다.

"안 돼요!"

하지만 어른들은 막무가내였다. 어서 내주라고 목청을 높였다. 은비는 시선을 돌려 옆에 서 있는 진석이에게 도움을 청하는 눈짓을 보냈다. 그러나 진석이는 꿀 먹은 벙어리가 되어 아무 말도 하지 않았다. 뭐라고 한마디 거들어줬으면 좋으련만,

아빠의 화난 얼굴에 겁을 먹고 쭈뼛거릴 뿐이었다. 덩치만 곰 처럼 컸지 성격은 새끼 양보다 순해터진 진석이가 마음에 들지 않았다. 아이들이 지어준 별명대로 아무 감정도 반응도 없는 '돌부처'에 불과했다.

아까 은비가 집에 들어섰을 때, 진석이는 숨을 헐떡이는 슬픈눈에게 물을 떠다 먹이고 목 상처를 헝겊으로 다시 싸매주는 중이었다. 슬픈눈은 혼자서 버둥거리느라 다리에 감아주었던 헝겊이 다 풀어졌고, 상처에서는 피가 줄줄 흐르고 있었다. 눈빛도 흐릿해지고 숨도 거의 다 넘어간 상태였다. 은비가 달려들어 꼭 껴안고서 한참이나 몸을 쓰다듬어주자 차츰 눈빛이 살아나기 시작했다. 그때 땅콩 밭에서 일하던 엄마 아빠가 점심을 먹으러 돌아왔다. 엄마 아빠는 돼지우리 속에 앉아 있는 은비를 보고 버럭 화를 내며 큰소리로 꾸짖었다. 진석이도 욕을 얻어먹기는 마찬가지였다. 그 소리에 고샅길을 지나던 동네 아저씨들이 하나둘 몰려들어 열 명 가까이나 된 것이었다.

"어차피 곧 죽을 거야. 숨 몰아쉬면서 헐떡이는 걸 좀 봐라. 눈동자도 풀렸고."

"죽기는 왜 죽어요? 안 죽어요!"

은비는 조금 전보다 더 크게 소리를 지르고서 아예 등을 돌렸다. 어른들이 보기 싫었다. 자기 얘기를 하는 줄 아는지 슬픈눈의 커다란 눈망울에는 눈물이 가득 고여 있었다. 살려달라는 애원의 눈물이었다. 은비는 슬픈눈을 들어 품에 고이 안고 같이 눈물을 흘렸다. 여러 사람들이 지켜보고 있었으나 개의치 않고 엉엉 소리를 내며 울었다.

"얘야, 그건 그냥 짐승일 뿐이야. 하찮은 산짐승한테 그렇게 맘을 주는 건 좋지 않아!"

"맞어! 농작물에 피해만 주는 유해 조수여. 얼렁 내주고 얼렁 잊어버려!"

"너 빨리 못 내줄래? 아빠가 들어간다!"

아빠가 최후통첩을 했다. 하지만 은비는 구석으로 이동해 등을 잔뜩 굽힌 자세를 취했다. 슬픈눈과 함께 죽으면 죽었지 절대 빼앗길 수 없었다. 목숨을 걸고 지켜내야 된다는 의무감이 들었다.

"죽어도 못 내줘요! 내가 발견하고 내가 구해왔으니까 내 꺼예요."

"아니, 저 기집애가 정말!"

화가 난 아빠가 한쪽 다리를 돼지우리 속으로 들여놓았다. 은비는 있는 힘을 다해 버티기로 마음먹고 온몸으로 슬픈눈을 방어했다. 필사적이었다.

"여보게, 그냥 놔두게! 죽은 다음에 줘도 되는 걸 뭘 그렇게 서두르나?"

뜻밖의 목소리가 들려왔다. 반가운 마음에 살며시 뒤를 돌아보았다. 이장이었다. 언제 왔는지 이장 아저씨가 아빠를 나무라고 있었다. 동네 선배에다가 초등학교, 중학교 4년 선배이기도 한 이장 아저씨를 아빠는 은근히 어려워했다. 이장의 말이라면 거부를 못하고 대부분 따르는 편이었다.

"아니! 이장 자네가 왜 끼어들고 그랴?"

"어르신! 죽은 거나 산 거나 효험은 다 마찬가지입니다. 조금만 기다리시면 될 걸 이렇게 서두르실 필요가 뭐 있습니까? 원래 보약은 진중하게 기다리는 시간이 있어야 효험이 배가 된다 잖습니까?"

"나 이거 원 참! 에흠! 자, 여기 있네. 20만 원 계약금 조로 먼저 주겠네. 받게!"

김 씨 할아버지가 20만 원을 내밀자 엄마가 얼른 받아서 작업복 주머니에 넣었다. 그러고는 매우 흡족한 표정으로, 감사합니다! 소리를 크게 하며 고개를 꾸벅 숙였다. 아빠도 따라서 고개를 깊이 숙여 감사함을 나타냈다.

"근디 말여! 죽은 걸 주면 30만 원이구, 산 걸 주면 40만 원으로 하겠네! 그렇게 알게. 그럼 나 가네. 에흠!"

"예예! 댁에 돌아가 계시면 제가 내일 아침 일찍 집으로 가져다 드리겠습니다."

돌아가는 김 씨 할아버지의 뒤통수에 대고 아빠가 여러 번 머리를 조아렸다. 몰려왔던 아저씨들도 한 명 두 명 돌아가고 이장 아저씨만 남았다. 이장 아저씨와 아빠는 마루로 자리를 옮겨 이런저런 이야기를 나누었다. 주로 고추 축제에 관한 내용이었다. 곧 있을 괴산 고추 축제에 출품할 고추를 잘 말리고 있는지 확인차 온 것이었다. 그렇잖아도 엄마 아빠는 출품 준비를 열심히 하고 있었다. 크고 잘 익은 고추만 골라 따서 아침에는 마당에 펴널고 저녁에는 걷어들이고를 반복했다. 작년 축제 때는 장려상까지 받았었다.

은비는 부엌으로 들어가 냉장고에서 우유를 꺼냈다.

"정성도 참 유별나다! 곧 죽을 놈한테 우유가 다 뭐야? 아주 애기를 키우네, 애기를. 한심한 것! 쯧쯧!"

술상을 차리고 있던 엄마가 눈을 흘기며 퉁명스레 말했다. 은비는 아무 대꾸도 않고 나와서 슬픈눈에게 우유를 먹여보았다. 어제 농협 마트에서 사가지고 온 것이었다. 하지만 아무리 먹이려 해도 먹지 않았다. 아침에는 조금 먹었었는데 웬일인지 입도 대지 않았다.

"슬픈눈아! 조금만 먹어봐, 조금만! 응?"

입을 벌리고 조금 부어보기도 했으나 겉으로 다 흘러내렸다. 도무지 삼키지를 못했다. 이러다 정말 죽는 건 아닌지 가슴이 철렁 내려앉았다.

"어쩌지?"

"글쎄! 나도 뭘 어떻게……."

진석이와 둘이 안타깝게 지켜보기만 할 뿐 달리 손을 쓸 방법이 없었다. 속수무책이었다. 애가 바짝바짝 탔다.

"혼자 놔둬볼까? 사람들이 많이 몰려와 놀라서 안 먹는 건지도 모르잖아?"

"그럴지도⋯⋯."

슬픈눈을 바닥에 살며시 내려놓은 은비는 우유 대접과 배추 속잎을 옆에 두고 돼지우리 밖으로 나왔다. 진석이와 우리 밖에 나란히 서서 슬픈눈의 상태를 살폈다. 슬픈눈은 미약한 숨을 몰아쉬고 이따금 두 눈을 끔뻑거릴 뿐 다른 움직임은 없었다. 죽으면 안 돼! 제발 죽지 마! 은비는 그 소리만 속으로 염불처럼 외웠다.

"누나, 죽었지? 이제 죽었지?"

그때, 학교에서 돌아온 동생 은혁이가 뒤꼍으로 뛰어와 큰소리로 물었다. 죽었기를 바라는 동생의 말투와 표정에 은비는 울컥 화가 솟구쳤다. 두 눈에 쌍심지를 켜고 주먹을 치켜들었다.

"너, 저리 못 가? 가! 빨리!"

주먹을 위협적으로 흔들면서 동생을 쫓았다. 그러나 동생은 계속 주변을 맴돌며 깐죽거렸다. 죽은 게 확실하다는 둥, 맛있게 생겼다는 둥, 엄마가 돈을 받으면 새 자전거를 사주겠다고 약속을 했다는 둥하며 약을 올렸다. 쫓으면 돌아오고 또 쫓으면 또 돌아오고 하는 성가신 똥파리 같았다. 동생이 아니라 웬수였다.

　멀리 성불산 뒤로 연분홍 저녁노을이 피어나고 있었다. 이장 아저씨가 와서 들여다보고 돌아가고, 아빠와 동생도 다시 와서 한번 훑어보더니, 내일 아침 김 씨 할아버지한테 가져다 줄 때까지만 살아 있으라는 말을 남기고 안방으로 들어갔다. 은비는 아빠와 동생이 사람으로 보이지 않았다. 피도 눈물도 없는 저승사자로 생각되었다. 심장이 없는 돌조각으로도 여겨졌다. 같은 여자인 엄마도 매한가지였다. 모성애가 다 말라버렸는지, 상처를 입은 슬픈눈에게 동정의 눈길 한 번 보내지 않았다.

　"진석아, 너도 이제 가서 저녁 먹어야지?"

　"으응! 가봐야지! 근데……."

슬픈눈을 두고 차마 발걸음이 떨어지지 않아 진석이는 자꾸 머뭇거렸다.

　"네, 조은혁입니다."

　안방에서 동생이 전화 받는 소리가 들리더니 부엌에 있는 엄마를 불렀다. 엄마가 전화를 받기 위해 안방으로 들어가는 발소리가 나고, 곧이어 전화 통화를 하는 소리가 들려왔다. 뒷문으로 몇 걸음 다가가 귀를 기울였다. 갑자기 엄마의 놀란 목소리가 귀청을 때렸다.

　"우리 은비가요? 수업이 일찍 끝나서 일찍 온 줄 알았더니.

예, 알겠습니다. 내일 가면 단단히 혼을 내주세요. 아주 따끔하게요!"

전화를 끊자마자 엄마가 빨리 안방으로 들어와보라고 불렀다. 집이 떠나갈 정도로 큰소리였다. 담임이 땡땡이를 쳐 도망을 갔다고 다 말한 모양이었다. 고자질쟁이 같으니라고! 엄마한테 또 욕깨나 들을 것 같았다.

"진석아, 가서 저녁 먹고 다시 와! 여덟 시 반에."

진석이를 배웅해주고 가만가만 안방으로 들어갔다. 엄마가 콧김을 씩씩 내뿜으며 매섭게 노려봤다. 아빠 눈빛도 곱지 않았다. 동생은 텔레비전에 빠져 키득거리고 있었다. 변신 로봇들이 나와서 치고받고 하는 어린이 만화영화였다. 로봇 싸움이 뭐가 그리도 재미있는지 아주 텔레비전 속으로 기어 들어가려고 했다.

예상대로 엄마 아빠는 번갈아서 욕을 퍼부어댔다. 과거 시시콜콜한 잘못들까지 모조리 꺼내 펼치며 마치 대역 죄인을 다루듯 했다. 하지만 은비는 엄마 아빠가 제풀에 꺾여 멈출 때까지 아무 대꾸도 않고 묵묵히 밥만 퍼먹었다. 묵비권 행사였다. 그러나 욕설은 좀체 꺾일 기미가 보이지 않았다. 결국 은비는 두어 번 더 떠먹다가 수저를 놓았다. 땡땡이를 쳤다고 욕을 들으면서 먹는 밥이라 입맛이 없었다. 아니, 그보다는 슬픈눈이 걱정되어 밥이 목구멍으로 넘어가지 않았다.

"아주 단식투쟁을 해라, 단식투쟁을! 다 죽어가는 그까짓 게 뭐라고 땡땡이까지 치면서 그렇게 보살피니? 어차피 죽을 걸. 쯧쯧!"

"너, 한번만 더 땡땡이 까면 아빠한테 오지게 혼날 줄 알아! 왜 안 하던 짓을 하고 그래? 내일 아침 일찍 김 씨 할아버지한 테 가져다 줄 거니까 그리 알아!"

엄마 아빠는 설득을 하고 협박도 하며 또 슬픈눈을 포기하라 고 거듭거듭 말했다. 동생은 옆에서 새 자전거 타령을 부르면서 적극적으로 엄마 아빠를 거들고 나섰다. 촉새 같은 놈! 이빨이 갈렸다. 생각대로라면 얼굴에 열 줄의 손톱자국을 내고 싶었으나 꾹 눌러 참았다. 은비는 벌떡 일어나 방문을 신경질적으로 열고 마루로 나섰다. 나서자마자 방문을 꽝 닫아서 불만을 나타낸 뒤 돼지우리로 향했다. 집이 집이 아니라 마치 악당들의 소굴로 느껴졌다.

이담 저수지 끝부분, 버스 길에 이르자 힘이 다 빠져 더 이상 움직일 수가 없었다. 누가 먼저랄 것도 없이 거의 동시에 땅바닥에 주저앉고 말았다. 어두운 까치고개를 빠른 걸음으로 쉬지 않고 넘어왔으니 탈진 상태가 된 건 당연한 일이었다. 진석이 는 아주 길바닥에 벌렁 누워 거친 숨을 몰아쉬었다. 은비도 빠르게 호흡을 하면서 숨을 골랐다. 동시에 머리를 들어 밤하늘을 보았다. 여기저기 별들이 몰려 있었지만 수가 그리 많지 않았고 빛도 흐릿했다. 다시 머리를 천천히 내려 시선을 저수지로 옮겼다. 너른 저수지 표면에는 백양리 마을 입구에 켜진 두어 개 방범등 불빛이 비쳐져 도깨비불처럼 흔들렸다. 아직 아홉 시가 되지 않았는데도 일찍 인적이 끊기는 시골은 어둠에 묻혀 고요했다. 이따금 개 짖는 소리만 밤하늘을 가르며 멀리 퍼져나갈 뿐이었다.

"진석아, 이렇게 걸어서는 면에까지 못 나가. 나간다 해도 있지도 않고."

"그럼 어떡해?"

"네 휴대폰 좀 줘봐!"

휴대폰을 넘겨받은 은비는 114를 눌러 택시회사 번호를 알아냈다. 그리고 즉시 통화를 시도했다.

"여보세요! 여기 백양리 끝 이담 저수지 찻길인데요. 이담리로 가기 전이요. 택시 좀 빨리 보내주세요. 아주 급해요."

"나 택시비 없는데. 5천 원밖에 없어!"

"나한테 2만 원 있어! 그러나 요거 가지고 될라나 모르겠다."

은비는 벼 포대 자루에 손을 얹고 가만히 귀를 기울였다. 손에 심장 박동이 느껴지고 귀에는 숨소리가 들렸다. 하지만 점점 약해지고 있었다. 큰일이었다.

찻길 아래쪽을 바라보며 택시가 오기를 기다렸다. 그러나 택시는 좀체 나타나지 않았다. 10분이면 온다더니 뺑을 친 것 같았다. 한 시간은 지난 듯 지루했다. 초조한 마음에 휴대폰 폴더를 열어 시간을 확인했다. 겨우 7분이 지나 있었다.

"누나, 살릴 수 있을까? 나는 아무래도 힘들 것 같아!"

"아니야. 살릴 수 있어!"

왜 그런 약한 소리를 하느냐고 핀잔을 주려는 순간 아래쪽 길에서 차량 불빛이 나타났다. 전조등 불빛이 어둠을 뚫고 직선으로 길게 이어졌다.

"저기 택시 온다."

진석이가 벌떡 일어났다. 은비도 따라 일어나 택시가 도착하기를 기다렸다.

"아저씨, 괴산읍 동물병원으로요. 빨리요."

"동물병원이 읍에 있던가?"

"있을 거예요. 빨리 가요!"

은비의 재촉에 택시 기사는 고개를 갸웃거리면서 출발했다. 진석이가 물끄러미 바라보았다. 괴산읍까지 택시를 대절해 나가려면 비용이 만만찮을 텐데 어쩌려고 그러느냐는 눈빛이었다. 은비는 그 눈빛을 무시하고 벼 포대 속에 든 슬픈눈을 살폈다. 속으로 죽지 말라고 기도를 하면서 머리를 가만가만 쓰다듬었다. 도로에 다른 차량들이 별로 없어 택시는 빠르게 달렸다. 괴산 읍내까지 30분이면 충분할 것 같았다. 금세 감물면을 지나쳐 국도로 접어들었다. 그리고 5, 6분을 달려 군에서 가장 긴 다리인 달천교를 건넜다.

"아무리 생각해도 읍내에 동물병원은 없는데? 충주 시내로 가면 몰라도."

택시 기사가 또 고개를 갸웃거렸다.

"포대사루에 든 게 뭐야? 애완견이야?"

"네, 애완견이에요."

은비는 그렇다고 대답했다. 택시 기사가 어떤 어른인지 몰라 사실대로 말할 필요를 느끼지 못했다. 아빠나 김 씨 할아버지 같은 어른이라면 엉뚱한 제안을 할 수도 있었다.

"저, 아저씨! 충주까지는 얼마죠?"

"충주까지는 8만 원은 받아야지!"

"괴산 읍내까지는요?"

"읍내까지는 3만 원이지!"

읍내 아무 병원 앞에 세워달라고 말한 뒤 입을 닫았다. 만에 하나 슬픈눈이 죽더라도 병원 앞에서 죽게 하고 싶었다. 집에서 죽게 내버려둘 수는 없었다. 내일 아침이면 아빠가 김 씨 할아버지한테 가지고 갈 걸 뻔히 알면서 가만히 있는다는 건, 함께 슬픈눈을 죽이는 것과 마찬가지였다.

택시는 시외버스터미널 최 내과 앞에 멈췄다. 은비는 가지고 있던 돈과 진석이 돈까지 합쳐 2만5천 원을 지불하며 사정사

정했다. 기사 아저씨가 얼굴을 찡그리고 어쩔 수 없다는 듯 돈을 받았다.

"진석아, 어서 도와줘!"

서둘러 벼 포대자루를 안고 최 내과 현관으로 갔다. 하지만 문이 닫혀 있었고 불은 꺼져 있었다.

"아, 어떡해!"

지나가는 행인에게 물어서 다른 병원을 알아보았다. 행인이 가르쳐준 곳으로 부지런히 달려갔다. 읍내로를 따라 2백여 미터 올라가니 유의원이 나타났다. 그러나 그곳도 마찬가지였다. 이미 문이 굳게 잠겨 있었다. 아무리 두드리고 소리쳐 불러도 열리지 않았다. 다른 병원이 또 없을까 해서 읍내 이 길 저 길을 찾아 헤맸으나 눈에 띄지 않았다. 다시 어느 아줌마에게 물어보았다. 괴산읍에는 병원이 그 두 곳밖에 없다는 대답이었다. 서부리에 큰 병원이 있는데 아직 공사중이라 개원을 안 했다는 말이었다.

상황이 완전 절망적이었다. 이리저리 마구 헤매다 보니 시간은 벌써 열 시를 넘어버렸다. 다리가 아파 인삼농협 입구 처마에 진석이와 나란히 앉았다. 품에 안고 있는 슬픈눈의 체온이 점점 떨어지는 것 같았다. 결국 여기서 끝이구나! 눈물이 흘러내려 입으로 들어왔다. 찝찌름한 눈물을 삼키며 은비는 한숨을 내뿜었다. 이제 자기가 할 수 있는 일은 아무것도 없었다. 진석이도 고개를 숙인 채 말이 없었다.

"아! 거기 전화해 보자. 딱 한 군데 있어."

문득 작년 가을 학교에서 본 팸플릿이 떠올랐다. 아이들이 누군가에게 받아서 곧바로 버린 것으로 서른 장 넘게 교문 안쪽에 흩어져 있었다. 다시 114에 전화를 걸어 번호를 알아냈다. 숫자판을 누르는 손가락이 약하게 떨렸다. 신호가 갔다. 한 번, 두 번, 세 번. 군침을 꿀꺽 삼켰다. 제발 받아요, 받아! 가슴이 뛰었다. 드디어 신호가 떨어지고 저쪽에서, 여보세요! 소리가 들렸다. 은비는 다짜고짜 위치를 물었다.

"네! 동진천 건너서 임격정로를 걸어 군청 쪽으로 올라오다가, 우측 향교 길로 들어서서 다시 40미터 더 오라고요? 알았어요. 금방 갈게요. 꼭 거기 계세요."

"어딘데 그래?"

"빨리 가자! 가보면 알아. 군청이라면 저쪽이야."

한시가 급했다. 벼 포대를 안고 뛰듯이 걸었다. 무게가 상당했으나 느끼지 못했다. 그저 빨리 가야 한다는 생각뿐이었다. 정말 마지막 기회였다. 거기 간다고 살려낸다는 보장은 없지만, 끝까지 희망의 끈을 놓고 싶지 않았다.

"슬픈눈아, 아파도 조금만 참아! 내가 꼭 살려줄게!"

동진교를 건너고 임격정로를 걸어 올라갔다. 그러다가 우측으로 꺾어 향교 길로 들어섰다. 길 양쪽으로 줄지어 있는 건물들을 살피면서 계속 걸었다. 35미터쯤 갔을 때 불이 켜진 사무실이 나타났다. 낡고 허름한 건물이었다. 먼지 때가 낀 출입문 옆에 나무 간판이 붙어 있었다. 자세히 보지 않으면 눈에 띄지도 않을 정도로 작아 겨우 A4용지 한 장 크기였다. 출입문 유리창은 파랗게 선팅이 돼 있어서 내부가 보이지는 않았다. 진석이가 손가락으로 문을 세 번 두드렸다.

"들어와!"

안에서 굵직한 남자 목소리가 들렸다. 아까 전화 통화를 할 때와는 다르게 어딘지 메마르고 딱딱한 목소리였다. 들어가기가 꺼려졌다. 그렇다고 되돌아갈 수도 없었다.

"진석아, 문 열어!"

문을 열라고 진석이에게 눈짓을 했다. 진석이가 손잡이를 잡고 출입문을 옆으로 밀자 불빛이 밖으로 쏟아져 나왔다. 그리 밝지는 않았으나 은비는 반사적으로 눈을 반쯤 감았다. 그러고서 안을 살폈다. 사무실 안 형광등 밑에 수염이 덥수룩한 오십 대 초반의 남자가 서 있었다. 빨간 조끼 차림의 남자는 172센티 정도의 키에 그리 크지 않은 체격이었다. 그러나 이마와 뺨에 기다란 흉터가 나 있고 코도 약간 휘어 전체적으로 험악한 인상이었다. 게다가 놀랍게도 한쪽 손에는 번쩍번쩍 빛나는 엽총을 들고 있었다.

예쁜 이름 짓기

"이게 뭔 소리지?"

옥수수 밭에다 오줌을 누고 난 은비는 숨을 죽이고 온 신경을 귀로 집중시켰다. 분명 무슨 소리가 들려왔다. 처음 듣는 소리였다. 산속에서였다. 방금 걸어 내려온 까치고갯길을 힐끔 한번 돌아본 뒤 산 쪽으로 20여 미터 올라갔다. 가지가 부러진 밤나무 고목 밑에 서서 다시 귀를 기울였다. 틀림없었다. 분명 무슨 소리가 들려오고 있었다. 아기 울음소리 같기도 하고? 노랫소리 같기도 하고? 아무리 들어도 정체를 알 수 없는 소리였다.

"혹시 여우? 귀신?"

등골이 오싹했다. 그러나 이상스러웠다. 무섭증이 일면서도 발걸음이 되돌려지지 않았다. 궁금증과 호기심이 무섭증보다 좀 더 컸기 때문이었다.

5미터만 더 올라가보기로 하고 막 발을 떼려고 할 때였다.

"거기서 뭐해?"

뒤에서 누군가가 소리쳤다. 깜짝 놀라 뒤를 돌아다보았다. 진석이였다. 저만치 뒤따라오던 진석이가 자전거를 세우고서 소리쳤다. 은비는 검지를 입술에 대며 떠들지 말라는 신호를 보냈다. 진석이가 자전거를 받쳐놓고 살금살금 걸어 올라왔다. 은비는 발걸음 소리도 낮추라고 손바닥을 펴 아래위로 흔들었다. 머리를 숙이라는 시늉도 해보였다.

"뭔데 그래?"

가까이 다가온 진석이가 속삭이듯 물었다.

"저쪽에서 이상한 소리가 들려!"

진석이와 함께 다시 귀를 기울였다. 고개를 약간 돌려 한쪽 귀를 산 쪽으로 향하게 한 뒤 죽은 듯이 있었다. 5초, 10초, 15초. 마침내 아까 그 소리가 또 들려왔다.

"들었지?"

"글쎄? 들은 것 같기도 하고…….'

진석이가 고개를 갸웃거렸다. 확신이 서지 않는다는 표정이었다.

"방금 들렸잖아? 다시 들어봐!"

서너 걸음 더 올라가서 아까와 똑같은 자세로 다시 귀를 기울였다. 하지만 이번에는 오랫동안 아무 소리도 들리지 않았다. 쉭! 쉬익! 나뭇가지 사이로 흐르는 바람 소리만 약하게 들릴 뿐.

"누나가 잘못 들은 거야. 그냥 가자!"

"분명히 들었는데!"

막 몸을 돌리려는 순간, 그 소리가 또 들려왔다. 아까보다 더 컸다. 은비는 애타게 자신을 부르는 소리처럼 느껴졌다. 자꾸 신경이 쓰여 도무지 걸음을 떼어놓을 수가 없었다. 예닐곱 발짝 앞서 내려가는 진석이를 불러 세워 같이 올라가보자고 제안했다. 진석이가 고개를 저었다.

"산에서 들리는 소리야 뻔한 거야. 산새 소리 아니면 바람 소리지."

"그럼 너 먼저 가! 나 혼자서 확인할 테니."

비탈면을 기다시피해서 얼마쯤 올라가자 진석이가 뒤따라왔다. 은비는 씨익 한번 웃어주고 다시 앞장서 올랐다. 산등성에 다다라 재차 귀를 기울였다.

"어때? 들리지? 아기 울음소리 같기도 하고……."

"산 속에 웬 아기가? 무섭다!"

"남자가 무섭긴? 따라와!"

은비는 자기가 생각했던 곳으로 방향을 잡았다. 기괴한 모양의 바위가 여러 개 서 있는 작은 골짜기였다. 아까부터 그쪽 골짜기로 자꾸 눈길이 갔었다. 하지만 쉽게 접근을 할 수가 없었다. 원체 잡목이 빽빽한데다가 가시나무까지 섞여 있어 헤치고 나가기가 거의 불가능했다. 낫이라도 있으면 나뭇가지를 치며 나가겠건만 낫이 없으니 그럴 수도 없고. 그렇다고 건너편 능선으로 돌아가서 내려가려니 시간이 너무 많이 걸리고. 은비는 무릎을 45도쯤 구부리고 허리를 굽혔다. 그러자 틈이 보였다. 그다지 넓지는 않았다. 마른 사람 한 명이 겨우 빠져나갈 수 있을 정도의 틈이었다.

"내가 먼저 갈 테니까 뒤에 잘 따라와!"

"알았어."

진석이는 덩치가 꽤 큰 편이었다. 그 때문에 초등학교 때는 씨름선수를 했었다. 중학교에는 씨름부가 없고 또 아버지가 공부나 하라고 반대를 해서 못하지만 체육대회 때마다 학급 대표로 나가 우승을 차지했었다. 씨름선수 덩치의 진석이가 쉽게 빠져나갈 틈이 아니라서 은비는 가느다란 나뭇가지를 꺾으면서 틈을 넓혔다. 그래도 진석이는 뒤따라오느라 진땀을 흘렸다.

대략적인 위치를 추측한 뒤 한발 한발 숲을 헤치고 나가기를 30분. 졸참나무와 잡목들이 즐비하게 늘어선 비탈면을 내려가 작은 골짜기에 이르렀을 때, 그 소리가 또 한차례 들려왔다. 소리는 희미했지만 부스럭거리는 소리는 더욱 크게 들렸다.

"진석아, 여기야. 이쪽."

걸음을 멈추고 진석이를 불렀다.

진석이가 오고 있는 사이, 은비는 다시 소리가 나는 쪽으로 다가갔다. 빽빽하던 나무가 차츰 성겨져서 허리를 펼 수 있었다. 가까운 곳에서 헐떡이는 숨소리가 생생하게 들렸다. 그러나 여전히 정확한 위치를 알 수는 없었다. 전방 20미터 지점, 약하게 경사가 지고 칡넝쿨이 무성한 곳, 자그마한 상수리나무와 자귀나무 사이인 것 같았다. 나뭇가지들이 불규칙적으로 흔들리는 게 시야에 잡혔다. 분명 무언가가 있는 것이 확실했다. 한 걸음 한 걸음 조심스레 접근했다. 자신도 모르게 호흡이 가빠지고 입속에 침이 말랐다.

마침내 가까이 다가가 소리의 실체를 확인하는 순간, 은비는 그만 눈을 감고 말았다. 차라리 보지 말았어야 할 것. 기를 쓰고 올라온 게 후회가 되었다. 너무도 큰 충격에 어찌해야 할지 몰라 눈을 감은 채 한참 동안 그대로 서 있었다.

"은비 누나! 어디야?"

진석이가 불러서야 은비는 눈을 뜨고 위치를 알려주었다.

"이 위, 위쪽!"

목소리가 떨리며 나왔다. 은비는 여전히 큰 충격에서 헤어나지 못했다.

끔찍스러운 광경이었다. 철사줄 올가미에 목이 걸려 죽어가는 모습이 너무나 처참했다. 살기 위해 얼마나 오랫동안 버둥거렸는지 목이 깊게 파여 있었고 땅바닥에는 검붉은 피가 흥건했다. 그리고 한쪽 발목은 이미 부러져 나가 뼈가 하얗게 드러난 상태였다. 앞발로 땅바닥을 긁으며 장시간 몸부림을 친 게 분명했다. 옆으로 쓰러져 누워 혓바닥을 길게 내민 채 마지막 숨을 몰아쉬는 중이었다. 슬픔이 가득 담긴 왕방울만한 눈동자에는 죽음의 검은 그림자가 어리어리 비치고 있었다. 차마 똑바로 바라볼 수가 없었다.

"아아! 그렇게 해서 너희 둘이 저 고라니 새끼를 안고 집으로 옮겼구나?"
구조 당시의 상황을 자세히 들려주자 털보 아저씨가 고개를 크게 끄덕이며 물었다.
"예, 아저씨! 지난 월요일에요. 소독약을 대충 바르고 헝겊으로 싸매줬었어요."
"그런데 저게 고라니예요? 노루 아니에요? 노루 새끼 같은데."
"저는 사슴 새끼로 알고 있는데, 애는 자꾸 노루래요."
진석이와 마찬가지로 은비도 사실 사슴, 노루, 고라니를 확실하게 구별하지 못했다. 그게 그거 같아 알쏭달쏭했다.
"허허! 노루랑 고라니랑 많이 헷갈리지. 이 고라니는 노루보

다 좀 작고. 암수 모두 뿔이 없어. 그 대신 송곳니가 있지. 노루
는 암수 모두 송곳니가 없고 뿔은 수컷에게만 있어."

털보 아저씨의 설명에 진석이는 머쓱한 얼굴로 형광등을 쳐
다보는 둥 엽총을 살펴보는 둥 딴전을 부렸다. 발견 당시 노루
새끼라고 강하게 주장했기 때문이었다. 은비도 고개를 갸웃거
리면서 슬픈눈을 자세히 살폈다.

"그러니까 암노루와 암고라니가 제일 헷갈리는 거야. 원체
비슷해서 착각하기 쉽지! 그럴 때는 이 송곳니하고 엉덩이를
보고 구분을 해! 송곳니가 있으면 고라니야. 고라니 암놈은 송
곳니가 좀 작지만 분명히 있어. 그리고 이쪽 엉덩이, 이 엉덩이
에 꼬리가 거의 없으면 노루, 조금이나마 있으면 고라니, 그리
고 흰색 반점이 있으면 노루, 없으면 고라니야."

"헷갈려요. 보통 사람은 진짜 구별하기가 아주 어렵겠네요?"

은비는 응급치료를 받은 후 마취되어 잠들어 있는 슬픈눈을
애처로이 바라보면서 물었다. 슬픈눈은 머리를 어깨에 붙이고
잔뜩 움츠려 있어 크기가 어미 고양이만 했다.

"어려운 정도가 아니라 거의 못 한다고 봐야지. 특히 이런 새
끼는 아직 특징이 뚜렷이 나타나지 않아서 더더욱 못해!"

"아, 그렇군요. 그런데 아저씨, 여기가 정확히 뭐하는 곳이에
요?"

〈한국야생조수보호협회 충북지회괴산지부〉라고 다소 긴 이름

이 쓰인 현수막이 책상 뒷벽에 걸려 있었으나 확실하게 알고 싶었다.

"야생동물을 보호 구조하고 또 밀렵도 감시하는 곳이지!"

"밀렵 감시요?"

"그 일을 아저씨 혼자 하시는 거예요?"

"응! 지금은 혼자서 해! 전에는 두 명 더 있었는데 도시로 이사를 가버렸어. 돈이 되는 일이 아니니까 오래 못하는 거지!"

말을 들어보니 정부에 소속된 기관이 아니라 자발적인 시민 단체였다. 뜻있는 사람들이 모여 야생동물을 보호하는 일을 하고, 필요한 경비를 모두 자비로 충당한다는 얘기였다. 이렇게 착한 어른도 있긴 있구나! 속으로 감격하며 은비는 다시 한 번 털보 아저씨를 찬찬히 뜯어보았다. 조금 전까지만 해도 험악해 보였던 인상이 순하고 포근하게 느껴져 살짝 미안한 마음이 들었다.

"이 엽총은 왜 필요한 거예요?"

"밀렵 감시를 하다 보면 위험할 때가 있지! 그때 호신용으로 쓰는 거야. 나는 경찰서에서 총기소지 면허도 받았고 엽사 자격증도 있어!"

진석이의 물음에 대답을 하고 난 아저씨는 기름걸레로 엽총을 느릿느릿 문질렀다. 반질반질한 총신에 은비와 진석이의 얼굴이 고스란히 비쳐졌다.

"언제부터 이런 일을 하신 거예요?"

"얼마 안 돼! 올해로 4년 좀 더 됐어. 원래는 주택 리모델링 사업을 했었는데, 이 길로 나선 거지! 사실은 나도 사냥꾼이나 다름없었어. 스포츠삼아 놀이삼아 수렵을 종종 즐겼었지! 밀렵도 많이 했었고."

놀라운 사실이었다. 야생동물을 보호하는 일이 직업인 사람이 밀렵을 많이 했었다니? 은비는 왜 그렇게 변한 거냐고 조심스럽게 물었다. 아저씨가 냉수로 목부터 축인 후 사연을 털어놓았다.

"4년 전 봄이었어. 아마 5월 중순이었을 거야. 장연면에 있는 박달산에서 커다란 멧돼지를 발견했지. 거리가 대략 50미터쯤 됐을 거야. 내게 등을 보인 자세로 덤불 속에 누워 있었는데, 그렇게 큰 놈은 내 평생 처음이었어. 가슴이 설레더군!"

기름걸레로 다시 엽총을 문지르며 털보 아저씨는 뒷말을 이었다. 그 당시의 장면을 회상하느라 얼굴빛이 다소 상기되었고 목소리가 착 가라앉았다.

"30미터까지 접근한 다음 떡갈나무 밑에 엎드려서 녀석을 겨냥했지. 단 한 방에 잡으려고 목덜미 급소를 정확히 겨눴어! 그리고 곧 방아쇠를 당겼지. 단 한 방에 즉사를 시킨 거지! 부리나케 달려가 보니 글쎄……. 어미젖을 물고 있는 새끼가 일곱 마리나 있는 거야. 태어난 지 열흘이 채 안 됐더라고."

아저씨가 마른침을 한 차례 꿀꺽 삼켰다. 은비와 진석이도 따라서 삼켰다.

"이게 웬 떡이야 하고 다 잡아와서 충주 건강원에 몽땅 팔아넘겼지! 꽤 많은 돈을 받고서 말이야. 그랬더니 그 건강원 주인이 여기저기 사장들에게 전화를 해서 오라고 하는 거야! 방금 귀중한 보약이 들어왔다면서. 건장한 사장들 다섯 명이 금방 모이더군! 그 자리에서 어린 새끼 일곱 마리를 통째로 솥에……. 그 장면을 보고서 아, 이건 아니다 싶더라고. 그동안 스포츠라는 미명하에 내가 애꿎은 생명들을 너무 많이 죽여왔구나! 얼마나 후회가 되는지, 며칠 동안 밥도 잘 못 먹고 잠도 설치고……."

아저씨는 말을 멈추고 긴 한숨을 내뱉었다. 그러더니 머리를 절레절레 흔들었다. 새끼돼지 일곱 마리를 통째로? 은비는 차라리 안 들은 것만 못해 기분이 몹시 언짢았다. 게다가 중국 여행을 가서 고가의 새끼돼지 요리를 사먹었다고 자랑을 하던 김씨 할아버지의 말이 떠올라 더욱 마음 아팠다.

한동안 사무실에는 깊은 침묵이 흘렀다. 아무도 입을 열지 않았다. 간혹 가다 지나는 차량의 진동에 출입문이 흔들리는 소리만 덜컹덜컹 들렸다.

"살다 보면 인생의 터닝 포인트가 있지! 나는 그때가 터닝 포인트였어!"

한참 만에 아저씨가 다시 입을 뗐다. 진석이가 터닝 포인트 Turning Point가 뭐냐고 물었다. 은비는 영어 시간에 들어서 알 듯 알 듯한데 생각나지 않았다. 영어는 정말 골치 아팠다. 단어, 숙어를 외우는 일은 사람 피를 말리는 일이었다. 단어 외우기 숙제를 한 번 하고 나면 몸무게가 2, 3킬로그램은 빠지는 기분이 있다. 기억력이 그다지 좋지 않아, 영어뿐만 아니라 암기 과목들이 상대적으로 점수가 낮았다.

"전환점, 변환점이지! 어떤 계기나 깨달음으로 여태까지와는 완전히 다른 삶을 살게 되는 그런 시점 말이야."

그런 계기가 있은 이후 아저씨는 참회하기 위해 본업을 버리고 더욱 열심히 야생동물 보호에 나섰다는 것이었다. 그러면서 늦게 뉘우친 걸 후회했다. 은비도 처참한 모습으로 죽어가는 슬픈눈을 보고서 마음의 변화가 크게 일어났었다. 그 전에는 그런 모습을 한 번도 보지 못했기에 그것은 엄청난 충격이었다. 매년 서너 차례 마을 아저씨들이 고속도로에서 가져온 죽은 동물을 먼발치에서 보기는 했으나, 그때는 그다지 큰 충격을 받지 않았었고 무관심했었다.

"혼자서 꽤 힘들겠어요!"

"나 혼자니까 적극적으로는 못해! 가끔 이 학교 저 학교 다니면서 전단지나 뿌리지. 장날마다 장마당에서도 나눠주고. 야생동물을 보호하자는 저 전단지 말이야."

사무실 한쪽 구석, 라면박스 속에 가득 담겨 있는 전단지를 가리키며 아저씨가 씁쓸하게 웃었다.

"현장 단속은 일주일에 겨우 두 번 정도 나갈 뿐이야. 그것도 건성으로 돌아볼 수밖에 없어! 우리 괴산군에 한 개 읍, 열 개 면이 있는데 그 넓은 지역을 나 혼자서는 무리지. 함께 해주는 사람이 있으면 좋은데, 없어!"

은비와 진석이는 자기가 살고 있는 군에 면이 열 개나 된다는 것을 몰랐었다. 겨우 인근의 두어 개 면만 알고 있었다. 배운 적도 없었고 알려고도 하지 않았기 때문이었다. 괜히 창피스러웠다.

"너희는 집이 어디지?"

"구월리요. 감물면 구월리. 애는 감물중학교 2학년이고 저는 3학년이에요."

"아, 감물중학교! 거기도 내가 한번 가서 전단지 돌린 적 있어. 그런데 저 고라니 새끼를 어디서 발견한 거야?"

"백양리에서 구월리로 넘어가는 까치고개 옆 산골짜기에서요."

"저기 지도를 보고 장소를 대충 짚어줘봐!"

여섯 평 정도 되는 사무실 우측 벽에는 커다란 괴산군 지도가 붙어 있었다. 은비는 그리로 다가가 대략적인 마을 위치를 손가락으로 가리켰다.

"주월산 자락이구나. 이 주월산은 이쪽 여기 박달산으로 이어지지. 박달산이 주월산보다 두 배는 높고 산짐승도 많아. 이 박달산 밑 매전리 쪽은 내가 서너 번 가봤는데, 구월리는 여태 가본 적이 없어! 여기 칠성면 칠보산과 군자산, 여기 청천면 사랑산, 여기 사리면 백마산, 여기 장연면 박달산을 주기적으로 도는 거야. 이서만 해도 엄청 넓고 골짜기가 많아서 수박 겉핥기지 뭐!"

혼자서 하니 별 성과가 없다면서 아저씨는 입맛을 쩝쩝 다셨다. 아쉬움 때문인지 쩝쩝 소리를 유난히 크게 낸 아저씨는 갑자기 무엇이 생각난 듯 엽총을 한 옆으로 치웠다. 그러고서 탁자 밑으로 손을 넣었다.

"자, 이것 좀 봐! 놀라지 말고."

털보 아저씨가 노트 크기의 책을 한 권 건넸다. 은비와 진석이는 책을 받아 탁자 위에 올려놓고 첫 장을 넘겼다. 넘기자마자 둘이 동시에 깜짝 놀라 도로 덮고 말았다. 물귀신 사진이라도 본 듯 두 눈이 똥그랗게 뜨이고 가슴이 쿵쾅쿵쾅 뛰었다.

"그래. 끔찍해서 보기 힘들 거야! 그런데 그게 지금의 현실이야. 이 순간에도 어느 골짜기에서는 그렇게 야생동물들이 처참하게 죽어가고 있다고. 시골 사람들, 산골 사람들이 그렇게 야생동물을 잔인하게 죽여서 도시 사람들에게 팔아먹고 있다고."

은비는 저절로 이맛살이 찌푸려졌다. 각종 밀렵 도구에 의해

참혹하게 죽어 있는 여러 동물들의 사체 사진이었다. 자기가 죽이기라도 한 것처럼 가슴이 뻐근하니 아렸다. 진석이도 인상을 쓰며 고개를 돌렸다.

"요즘 텔레비전 뉴스에 보면 서울 도심에 멧돼지가 자주 나타나잖아? 도시에 나타났다고 무조건 쏴서 죽이잖아? 아니, 그 돼지가 무슨 죄가 있어서 죽이는 거야? 마취 총으로 마취를 시켜서 산으로 돌려보내줘야지. 사람에게 야생동물의 목숨을 임의로 탈취할 권한이 과연 있을까? 너희는 어떻게 생각해?"

대답을 하지 않았지만 은비는 털보 아저씨의 말이 옳다고 생각했다. 경찰이 도시 주택가에 나타난 멧돼지를 사살했다는 텔레비전 뉴스를 본 적이 있었다. 그때도 아빠는 군대 시절에 먹은 적이 있다는 멧돼지 고기맛 자랑을 하며 군침을 삼켰었다. 동생도 침을 질질 흘렸고 엄마 역시도 별반 다르지 않았다. 엄마는 아예 한 술 더 떠, 면 부녀회에서 단체로 지리산 관광여행을 갔을 때 먹어봤다며 집돼지 고기와 비교 평가까지 늘어놓았었다.

"인간들이 산속으로 도로를 뻥뻥 뚫고 마구잡이로 숲을 개발해서, 산짐승들이 삶의 터전을 잃으니까 어쩔 수 없이 내려오는 경우가 많지! 먹이를 찾아서 말이야. 아무튼 너희 참 장한 일을 했다. 어? 벌써 열두 시다. 자, 가자! 내가 태워다 줄게. 너희 태워다 주고 나는 성불산 밑 검승리 골짜기나 한번 훑어봐야겠다."

"저 고라니 새끼는요?"

"진인사대천명! 기본적인 치료를 했고 또 영양제도 놓았으니까 나머지는 하늘에 맡겨야지. 내가 여기 두고서 지켜볼 테니 걱정 마! 전화로 연락해줄게."

은비는 슬픈눈을 떼어놓고 가기가 망설여졌다. 데리고 가고 싶었다. 그러나 숨겨 둘 곳이 없었다. 아빠, 엄마, 김 씨 할아버지의 얼굴이 눈앞에 어른거렸다. 그들의 눈에 띄게 해서는 절대로 안 되는 일이었다. 물론 동생 은혁이도 요주의 인물이었다.

"아기 고라니와 같이 못 가서 은비 넌 섭섭한 모양이로구나?"

은비는 슬픈눈에게 한 발 다가가며 고개를 가볍게 끄덕였다. 많이 섭섭했다. 진석이도 다가와 슬픈눈을 애처로이 내려다보았다.

"너희 둘이 학교에 가면 돌볼 사람이 없잖아? 집에 두면 아버지가 팔아 치울까 봐 불안하다며……."

"예, 많이 불안해요!"

"내일 아침까지 죽지 않고 살아 있으면, 내가 충주에 있는 동물병원에 데리고 가서 전문치료를 받아볼게! 수의사가 살아날 가망이 있다고 그러면 계속 치료를 한 뒤, 너희 마을이나 학교 가까운 곳에 숨겨놓고서 돌볼 장소를 마련해보자."

"예, 그랬으면 좋겠어요! 슬픈눈을 매일 볼 수 있게요."

고마운 마음에 은비는 고개를 깊이 숙여 감사를 표하고 밝게 웃었다. 미리미리 심정을 헤아려주는 털보 아저씨가 정말 고마웠다. 아빠도 털보 아저씨 같으면 얼마나 좋을까, 하는 바람이 가슴에 뾰족이 돋았다. 그러나 그것은 불가능해 보였다. 털보 아저씨처럼 어떤 계기가 있으면 몰라도 현재로서는 가망성이 거의 없었다.

"이름을 슬픈눈이라고 지었어?"

"예, 처음 봤을 때 눈이 아주 슬퍼 보여서요. 저보고 살려달라고 애원을 하는 눈빛이었어요."

"슬픈눈은 인디언 이름 같아서 좀 그렇고. 정식 이름을 하나 지어줘! 암컷이니까 예쁜 걸로. 그러면 더욱 가까워지는 느낌이 들고 애착이 더 가지!"

말을 듣고 보니 그런 것 같았다. 은비는 진석이와 함께 슬픈눈에게 어울릴 만한 이름을 찾느라 애를 썼다. 고라, 고니, 구월이, 왕눈이, 별눈이, 꼬마, 백양, 감순이, 귀염이, 꽃님이 등등. 별 오만 가지 이름을 다 생각해냈으나 마음에 드는 게 없었다. 이름 하나 짓는 것도 쉬운 일이 아니었다.

"누나, 지난 3일에 발견했으니까 삼일이가 어때?"

"삼일이? 그건 남자 이름이잖아? 머슴 이름 같기도 하고. 그날이 월요일이었으니까 차라리 월요가 어떨까? 아니, 아니, 먼데이! 먼데이가 어때? 아저씨는 어때요?"

"먼데이? 먼데이! 먼데이! 괜찮네!"

'먼데이'로 결정을 했다. 은비는 자기가 정식 이름을 지어주었다는 사실 때문에 슬픈눈에게 더욱 애착이 갔다. 마취되어 잠들어 있는 새끼 고라니를 사랑을 듬뿍 담은 눈으로 한참 동안 바라보았다. 그러다가 바짝 다가가서 손바닥으로 등을 부드럽게 쓰다듬었다. 손바닥에 '먼데이'의 체온과 심장박동이 느껴졌다. 마치 먼데이의 엄마가 된 기분이었다. 아가야, 먼데이야, 꼭 살아나야 돼! 꼭! 속으로 기원하며 자신의 체온을 몽땅 전해주었다. 그러고도 무언가를 덜 준 것 같아서 안타까웠다.

"자, 이거 우리 조수보호협회 로고가 찍힌 조끼하고 모자야. 이거나 하나씩 줄게! 다른 건 줄 게 없고."

은비와 진석이는 털보 아저씨가 주는 빨간색 조끼와 모자를 받아들고 사무실 밖으로 나섰다.

"빨리 가야겠다."

"신나게 달려요, 아저씨!"

진석이의 요구에 아저씨가 어서 타라는 손짓을 했다.

지프차에 올랐다. 역시 빨간색이었다. 하지만 아주 오래되어 곳곳이 찌그러지고 페인트가 부분부분 벗겨져 있었다. 읍내를 벗어나자 지프차는 빨리 달리지 못했다. 안개 때문이었다. 달천에서 피어오른 밤안개가 시야를 가려 제 속력을 낼 수가 없었다. 은비는 짙은 안개 속에서 불쑥불쑥 나타났다가 사라지는 아름드리 버드나무들이 신비하기도 하고 무섭기도 했다. 깊은 밤에, 그것도 안개가 낀 상태에서 가지를 치렁치렁 늘어뜨린 모습을 보니 낮에 보는 것과는 완전 딴판이었다. 괴기스러운 형상이었다.

"아저씨, 더 천천히 가요. 무서워요. 달천으로 굴러떨어지면 어떡해요?"

"굴러떨어지긴 왜 굴러떨어져? 걱정 조금도 하지 마! 난 여태껏 험한 산길만 주로 다녔는데 한 번도 그런 적 없어. 안심해!"

안심이 되지 않았다. 자욱한 안개로 시야가 좁아져 찻길이 아닌 다른 곳으로 달리는 것만 같았다. 게다가 헐떡이는 엔진 소리와 차체의 흔들림이 불안감을 더욱 증폭시켰다. 감물면 면사무소 앞에 이르러 19번 국도를 벗어나 525로 들어서자 도로폭이 좁아지고 굴곡이 심해졌다. 밤안개는 이제 연막탄을 터트린 수준이 되었다. 헤드라이트 불빛이 채 10미터를 비추지 못했다. 논두렁에 처박힐 뻔한 아슬아슬한 상황이 몇 차례나 반복되었다. 그럴 때마다 간이 콩알만 하게 쪼그라들었다. 엉금엉금 기어 구월리 느티나무 밑에 도착했을 때는 새벽 한 시 반이 넘어 있었다.

"감사합니다, 아저씨! 조심히 가세요."

"안녕히 가세요."

"그래! 어서 들어가! 많이 늦었다."

차에서 내려 진석이와 나란히 집을 향해 걸었다. 안개에 휩싸인 마을은 개 짖는 소리 하나 없이 고요했다. 마치 사람이 살지 않는 유령의 마을에 들어선 기분이었다. 고샅으로 들어가자 한 줄기 새벽바람이 목덜미를 휘감고 사라졌다. 전신이 오싹했다.

속은 것 같아!

찬바람이 씽씽 불어 방 안 분위기는 꽁꽁 얼어붙었다. 영하 15, 16도를 넘나들던 지난 한겨울 추위보다 더 심해 온몸이 다 오들오들 떨렸다. 아빠와 엄마, 은혁이의 눈에서 날카로운 고드름 창이 연신 날아와 은비의 가슴에 꽂혔다. 함께 있는 것조차가 고역이었다. 뛰어나가고 싶었다.

"솔직히 말 안 할래?"

아빠가 또 고함을 내질렀다. 뻥튀기 기계라도 터진 듯 입에 물고 있던 밥알이 사방으로 튀었다.

"말했잖아요?"

"거짓말 말고."

엄마는 평소보다 한 옥타브 높은 목소리로 짧게 말한 뒤 두 눈을 무섭게 치켜떴다. 처음 보는 눈빛이었다. 은비도 양쪽 눈에 힘을 넣었다.

"거짓말 아니야. 정말이야."

"거짓말이야!"

동생 은혁이까지 나서서 협공을 가해왔다. 새 자전거에 눈이 멀어 누나를 배반한 놈! 세상에서 제일 치사하고 미운 놈이었다. 처음에는 은혁이도 먼데이가 불쌍하다며 치료를 거들어 주었었다. 그러더니 하루아침에 변심을 한 것이었다. 한마디로 간도 쓸개도 없는 녀석이었다. 그러고도 남자라고. 쾌씸했다.

"너, 까불래?"

은비는 동생을 잡아먹을 듯이 노려보면서 겁을 주었다. 한 번만 더 까불고 나서면 턱에 주먹을 한 방 날릴 생각이었다. 인내의 한계점에 도달해 도저히 더 이상은 참을 수가 없었다.

"어디에다 묻었는지 같이 가보자!"

"그건 안 돼요!"

아빠의 말을 강하게 거절했다. 고개가 부러지도록 도리질을 쳤다.

"왜 안 돼?"

엄마가 추궁 조로 물었다. 그러나 은비는 대답을 않고 일어났다. 더 이상 같이 있다가는 셋에게 무자비한 연합 공격을 당할지도 몰랐다. 빨리 피하는 게 상책이었다. 먼데이를 무사한 곳으로 피신시켰으니 굳이 싸움을 벌일 필요는 없었다.

안방을 나와서 윗방으로 들어갔다. 시간이 조금 일렀지만 얼른 교복으로 갈아입고 등교를 하려는 생각이었다. 책가방은 어제 학교에 두고 왔으니까 오늘 수업이 있는 과목의 교과서 서너 권만 챙기면 되었다. 책꽂이에서 교과서를 빼내 비닐봉지에 넣으려는데, 마당에서 큰 목소리가 들렸다.

"에흠! 집에 있는겨? 있어?"

문틈으로 내다보니 김 씨 할아버지였다. 매우 화가 난 목소리였다. 아빠가 밥을 먹다 말고 마루로 후다닥 뛰어나와 90도로 허리를 꺾어 인사를 했다.

"어서 오십시오, 어르신!"

"아니! 자네 어떻게 된 거여? 아침에 일찍 가져온다더니 해가 중천에 떴는데, 왜 안 가져오는 거여?"

"저, 그게 말입니다. 밤사이에 죽어서 그만 제 딸아이가 산에다 파묻었답니다."

아빠는 머리를 연신 조아리며 어쩔 줄 몰라 했다. 마치 큰 죄를 짓고 경찰서에 끌려간 죄인 같았다. 고개를 제대로 들지 못했다. 은비는 아빠의 그런 모습이 눈꼴 시렸다. 비굴해 보였다.

"그러면 내 돈을 즉시 돌려주는 게 경우고 도리잖어?"

"예! 돌려드리겠습니다, 어르신! 은혁 엄마, 어제 받은 돈 돌려드려. 어서!"

엄마가 입술을 씰룩이면서 마루로 나왔다. 나와서 김 씨 할아버지에게 건성으로 인사를 하고 손에 든 돈을 건넸다. 마지못해 머뭇머뭇 돌려주는 얼굴에는 아까워하는 기색이 뚜렷했다. 입술이 앞으로 한 뼘이나 튀어나와 있었다.

"왜 20만 원이여? 엉?"

"어제 계약금 조로 20만 원 주셨잖아요, 어르신?"

"20만 원 맞아요. 연세가 많으셔서 깜박하셨나봐!"

엄마가 눈을 흘기며 김 씨 할아버지를 쳐다봤다. 그 순간, 김 씨 할아버지의 이마 주름살이 한꺼번에 꿈틀거렸다. 그 모습이 밭갈이 할 때 종종 나오는 왕지렁이 같아 징그러웠다. 게다가 할아버지의 눈이 뱁새눈으로 바뀌었다. 그리고 곧 손에 든 돈을 마루에 툭 던져놓았다.

"젊은 것들이 싸가지 읎게……. 나는 20만 원을 줬지만, 자넨 내게 40만 원을 돌려줘야 되는 겨!"

"예?"

아빠와 엄마가 동시에 묻고서 입을 크게 벌렸다. 황당하다는 표정이었다. 은비도 아리송했다. 왜 그래야 하는 건지 모를 일이었다. 어거지를 쓴다고 생각하는 순간, 할아버지가 크게 소리치며 손을 내밀었다.

"계약을 어긴 게 누구여? 계약을 어기면 위약금이라는 게 붙는 거여. 위약금은 계약금의 배가 되는 게 통례니께, 얼른 40만 원 내놔!"

손을 내민 김 씨 할아버지에게 아빠가 사정을 했다. 허리를 굽히는 로봇인형처럼 수도 없이 굽실거렸다. 엄마는 불만이 가득한 눈으로 계속 김 씨 할아버지를 째려봤다. 눈에서 퍼런 불빛이 끊임없이 새어나왔다.

"어르신! 그러시지 마시고. 제가 3만 원 더 드리겠습니다."

"안 될 말! 어여 40만 원 내놔!"

"저, 그 그러면 4만 원 더 드리겠습니다."

"어허! 지금 자네 어른을 놀리는 겨? 한 번 혼나볼 테여? 엉?"

김 씨 할아버지는 노발대발했다. 두 눈을 매섭게 뜨고 아빠에게 호통을 쳤다. 팔십이 다 된 노인네가 목소리가 어찌나 큰지, 삿대질을 해가며 내지르는 소리에 온 동네가 다 들썩거렸다.

"40만 원을 당장 내놓든지, 아니면 똑같은 놈으로 잡아오든지, 사오든지 혀!"

아빠는 쩔쩔매며 안절부절못했고 엄마는 열을 받아 얼굴이 불그죽죽해졌다. 반격을 가하려는지 엄마가 팔소매를 걷어붙였다. 아무래도 뭔 사달이 날 것 같았다. 조짐이 좋지 않았다.

은비는 서둘러서 집을 나섰다. 엄마와 아빠, 김 씨 할아버지의 눈총이 뒤통수를 따끔하게 했지만 모르는 척 대문 밖으로 나갔다. 느티나무 아래에 이르니 진석이가 서 있었다. 자전거 핸들에 비쳐진 아침 햇살이 반사되어 눈이 부셨다.

"은비 누나, 내 자전거 타고 갈래?"

"아니! 버스로. 너 먼저 가."

가끔 진석이 자전거 뒤에 타고 가긴 했지만 오늘은 공영버스를 타기로 했다. 공연히 아침부터 진석이의 힘을 뺄 필요는 없었다. 진석이가 까치고갯길로 향하자 은비는 공영버스에 올라탔다. 버스에는 초등학교 여자애 두 명과 남자애 한 명이 앉아 있었다. 구월리에는 학생들이 초등과 중등 모두 합쳐 여섯 명으로 초등학생이 네 명 중학생이 두 명이었다. 고등학생은 한 명도 없었다.

창밖 아침이슬이 대롱대롱 맺힌 코스모스에 눈길을 주고 버스가 출발하기를 기다렸다. 잠시 후 동생 은혁이가 자전거를 타고 나타나 도깨비 인상을 지어 보이고는 쏜살같이 달려갔다. 누나 때문에 새 자전거를 못 갖게 되었다고 화가 단단히 난 모양이었다.

"저 보기 싫은 놈!"

진석이는 벌써 까치고개 입구에 이르렀고, 은혁이는 부지런히 진석이 뒤를 쫓았다. 안장에 앉지 않고 선 자세로 페달을 밟아 엉덩이가 좌로 우로 심하게 씰룩거렸다. 그에 따라 자전거도 좌우로 반복해서 기울어졌다. 논으로 확 고꾸라져라! 고꾸라져! 정신을 집중해서 그렇게 주문을 외웠으나 고꾸라지지 않았다. 고꾸라지기는커녕 순식간에 진석이를 따라잡고 6, 7미터나 앞서 달렸다.

자전거를 처음 배우던 때가 생각났다. 초등학교 4학년 때 아빠의 낡은 자전거로 집 마당에서 배웠다. 중심을 잘 잡아야 해! 넘어지는 쪽으로 핸들을 꺾어! 아빠는 자전거 뒤를 잡고서 이래라저래라 코치를 해줬다. 시범을 보이기도 했다. 은비는 수도 없이 땅바닥에 넘어지고 담벼락에 부딪히고를 거듭한 다음에야 혼자 탈 수 있었다. 일주일 만이었다. 6학년 때는 자전거로 몇 달간 통학을 한 적도 있었다. 바로 그 당시에 아빠가 사준 자전거가 지금 은혁이가 타고 있는 자전거였다.

마을 아주머니 두 명이 더 올라오자 버스가 출발했다. 버스는 금방 구월리를 벗어나 달천을 따라 달렸다. 충주까지 구불구불 수십 리를 흘러 남한강과 합류하는 달천. 예전에 종종 엄마랑 다슬기를 잡고 동생이랑 미역을 감던 곳이었다. 또 그런 날이 올는지! 다시는 돌아오지 않을 추억이 된 것 같아 가슴 한쪽이 아릿했다.

너무 창피하고 수치스러워 울화가 치밀었다. 잘못을 인정했지만 도가 지나치다는 생각이 들었다. 복도에 무릎을 꿇고 양손을 들고 있으라니! 아이들이 저만치에 모여 바라보면서 수군거렸다. 둘이 사귀는데 서울로 도망을 치다가 잡혀왔다느니, 얌전한 고양이가 부뚜막에 먼저 올라간 격이라느니, 학교 망신을 시키는 날라리라느니, 뺑을 튀겨댔다. 가까이 다가와 대놓고 손가락질을 하며 키들거리는 아이들도 있었다. 이상택과 그의 똘마니들이었다.

짝 현지를 포함한 같은 반 여자 아이들도 별반 다르지 않았다. 대여섯 명이 모여서 비아냥대는 말투로 쑥덕공론을 펼쳤다. 철망에 갇힌 원숭이 구경하듯 모두가 재미있어 했다. 누구 하나 사실을 알아보려고 하지 않고 지레짐작으로 비난을 퍼부었다. 선생님들도 오가며 한마디씩 건넸다. 사회 선생님은 머리를 한 대씩 세게 쥐어박았다. 둘이 아주 썩 잘 어울린다고 놀리기도 했다. 은비는 곁눈으로 그들을 슬쩍슬쩍 쏘아보았으나 마음이 여린 진석이는 아예 고개를 들지 못했다. 목이 부러진 해바라기처럼 고개를 푹 숙이고 몹시 부끄러워했다.

아까 조례 시간에 담임한테 1차로 혼이 난 은비는 교무실로 끌려가 교감 선생님 앞에 서야 했다. 진석이가 이미 와 있었다. 교감 선생님은 이것저것 꼬치꼬치 캐묻고 나더니 복도에 한 시간 동안 무릎을 꿇고 양손을 들고 있으라는 명령을 내렸다. 부모님 소환을 안 하는 것만도 감사하라며 윽박질렀다. 집에 급한 일이 생겨서 그랬다고 말을 했으나 전혀 통하지 않았다. 오히려 벌점 15점 부과에 화장실 청소 일주일이 추가되었다. 은비는 교무실 청소였고 진석이는 교직원 화장실 청소였다. 각오를 하고 등교를 했지만 기분이 좋지 않았다.

쉬는 시간이 끝나고 2교시 수업 시작종이 울렸다. 복도에 나와 구경을 하던 아이들이 교실로 우르르 몰려 들어갔다. 곧 교무실 문이 열리고 선생님들이 줄줄이 나와 각자의 교실로 향했다.

"똑바로 못 해? 벌 받는 태도가 그게 뭐야?"

담임이 딱딱한 얼굴로 지그시 노려보았다. 아까 담임도 교감 선생님한테 학생관리 좀 철저히 하라는 핀잔을 들었기에 화가 나 있는 상태였다. 약간 미안하다는 생각이 들긴 들었다. 그래도 은비는 멀어져가는 담임의 뒤통수를 째려보며 입술을 삐쭉 내밀었다.

"아이고! 우리 진석이 고생이 많네, 응? 얌전이라고 소문난 은비 너도 땡땡이를 다 치니? 곧 고등학교 입시가 있는데. 기상학자가 되는 게 꿈이라고 그러지 않았나? 그러면 공부에 더 신경 써야지!"

2학년 때 담임선생님이 걱정스럽다는 눈빛을 주고서 사라져갔다. 기상학자는 딱히 떠오르는 꿈이 없어서 그냥 써낸 것이었다. 작년에 써낸 그걸 여태 기억하고 있었다. 태풍, 장마, 홍수, 가뭄, 한파 등등의 기상 조건이 농작물에 막대한 영향을 끼치는 걸 보아왔기에 조금 관심이 가기는 했었다. 하지만 은비는 아직 이거다고 확실하게 정해놓은 꿈이 없었다. 유치원 선생님부터 시작해 미용사와 간호사, 요리사를 거쳤고 현재는 패션디자이너에 구미가 당겼다. 천문우주학에 대해서도 생각 중이었다. 밤하늘의 별을 올려다보는 게 나름 재미가 있었다. 엄마하고 아빠는 고등학교를 마치고 시험을 쳐 9급 공무원이 되라고 초등학교 때부터 수시로 말했었다. 다른 아이들도 대부분 우왕좌왕, 뚜렷한 꿈을 갖고 있는 아이는 드물었다.

"진석아, 저 샘 괜찮지? 먼데이 얘기했더니 뭐래?"

"아, 그런 일이 있었구나! 그 말뿐이었어. 다른 말은 않고."

"그래? 저 샘 작년에 담임이었는데 뭔가 통하는 게 있는 샘이야!"

"뭘 그렇게 소곤대? 입 다물고 손 더 높이 들어!"

2학년 때 담임에 대해서 설명을 해주려던 참에 교감 선생님이 살금살금 다가와서 소리를 꽥 질렀다. 얼른 손을 치켜들고 부동자세를 취했다. 교감 선생님은 제대로 벌을 서지 않으면 하루 종일 꿇려놓겠다는 경고를 하고서 다시 들어갔다. 그렇잖아도 날카로운 인상인데 소리까지 지르니 몸이 굼벵이처럼 움츠러들었다.

어느 교실에선가 한 학생이 일어나 책을 읽는 소리가 들려왔다. 은비는 저절로 귀가 기울여졌다. 작년에 배운 적이 있는 단원이었다. 국어는 그래도 자신 있는 과목이었다. 하급인 영어를 제외한 다른 과목은 중상급이었고, 유독 국어만 최상급이었다. 최상급이 한 과목이라도 있다는 게 그나마 큰 위로가 되었다.

"어머니! 날이 몹시도 더워서 풀 한 포기 없는 감옥 마당에 뙤약볕이 내리쪼이고, 밤이면 가뜩이나 다리도 뻗어보지 못하는데, 빈대 벼룩이 다투어가며 진물을 살살 뜯습니다. 그래서 한 달 동안이나 쪼그리고 앉은 채 날밤을 새웠습니다. 그렇건만 괴로워하는 사람이 하나도 없습니다. 누구의 눈초리에나 슬픈 빛이 보이지 않고, 도리어 그 눈들은 샛별과 같이 빛나고 있습니다. 더구나 앞날을 점치는 선지자처럼, 고행하는 도승처럼 그 표정조차 엄숙합니다. 날마다 이른 아침 전등불이 꺼지는 것을 신호삼아 정성껏 기도를 올릴 때면, 극성맞은 간수도 칼자루 소리를 내지 못하며, 감히 들여다보지도 못하고 발꿈치를 돌립니다."

누군지 모르지만 차분차분 꽤 잘 읽었다. 이제 곧 국어 선생님의 해설이 이어질 것이었다. 국어 선생님의 특징은 해설 끝에 반드시 질문을 던진다는 점이었다. 은비는 그 특징이 올해는 변했을는지 호기심이 비눗방울처럼 부풀었다.

"수고했어요. 이 부분에서는 의연하고 의지적인 감옥 생활의 모습이 나타나고 있는데, 감옥 생활이 어떻다고 했어요?" 아이들이 이것저것 대답했다. 대답을 한꺼번에 해서 무슨 말인지 알 수가 없었다. 여러 명이 자유 수다를 떠는 웅성거림으로 들렸다.

"맞아요! 몹시 무덥다, 공간이 매우 좁다, 벌레들이 괴롭힌다, 또? 잠을 잘 못 이룬다 등이죠? 그럼 이 부분에서 글쓴이가 궁극적으로 전달하고자 하는 것이 뭔지 생각해볼까요? 뭐겠어요?"

이번에는 아무도 대답하지 못했다. 은비도 머릿속에 무언가가 떠오를 듯하다 없어지고 말았다. 요즘 들어 그런 경우가 많았다. 예전에도 뭐 그렇게 기억력이 좋았던 건 아니지만, 근래에는 점점 더 기억력이 떨어지는 것 같았다. 아마도 2학기 들어서 고등학교 진학 문제로 신경을 너무 써서 그런 모양이었다.

"굽힘 없는 독립의 의지죠. 견디기 힘들 정도의 고통을 겪는 감방 생활 중에서도 정신적인 면, 즉 의지와 신념은 잃지 않고 있음을 밝히고 있잖아요. 자, 그럼 여기서 조국 광복에 헌신하겠다는 굳은 의지를 상징하는 핵심 낱말 하나가 뭘까요?"

이번 질문의 답은 은비도 확실히 알고 있었다. 2학년 때 시험 문제로 출제 됐었다. 샛별이었다. 틀림없었다.

"바로 샛별이에요. 감옥에 갇혀 있는 사람들의 눈빛이 샛별과 같이 빛나고 있다고 본문에 쓰여 있잖아요? 또 하나 꼭 알아둘 것은 여기 간수의 칼자루 소리가 나오는데, 거기 동그라미 쳐요. 이 간수의 칼자루 소리는 무엇을 상징할까요?"

어느 학생이 일제의 폭력과 압제를 상징한다고 대답했다. 그러자 국어 선생님이 정확히 맞췄다며 칭찬을 해주었다. 아이들에게 박수를 치라고도 말했다.

학습중인 교과서 단원은 일제강점기 때 심훈 선생님이 감옥에서 어머니에게 쓴 편지였다. 은비도 엄마에게 편지를 쓴 적이 한 번 있었다. 감옥이 아니라 학교에서 어버이날 일주일 전에 단체로 쓴 것이었다. 초등학교 5학년 때였다. 낳아주셔서 감사합니다! 엄마 말 잘 듣는 예쁘고 착한 딸로 자라겠습니다. 엄마 사랑해요! 그런 내용의 편지였다. 짝이랑 거의 같은 내용이었다. 짝뿐만 아니라 반 애들 모두가 흡사했다. 그 생각을 하니 쓴웃음이 새어나왔다.

오늘 아침에도 엄마와 살벌한 눈싸움을 하고 왔는데, 착한 딸? 사랑? 흥! 언제부터인지 엄마와 자꾸 트러블이 생겼다. 그게 점점 쌓여 이제 걷잡을 수 없는 지경에까지 이르렀다. 물론 아빠나 동생하고도 좋은 관계가 유지되지 않고 있었다. 하지만 엄마와 특히 더 심했다. 엄마는 어제 담임하고 통화하면서 나를 단단히 혼내주라고 그랬지? 엄마가 딸을 위해 변명을 해주지는 않고. 생각할수록 서운했다. 은비는 이따 집에 가면 대체 엄마가 자기를 왜 그렇게 대하는지 한 번 넌지시 떠볼 심산이었다.

"아, 죽겠다! 후우~!"

진석이가 한숨을 내뱉었다. 은비도 발이 저리고 팔이 아파

몸이 비비 꼬였다. 어깨가 빠져 나갈 것만 같았다. 감옥에 갇힌 심훈 선생님처럼 의연하고 의지적으로 벌을 받고 싶은데, 참을 수가 없어서 팔을 내렸다. 그 순간 교무실 안에서 교감 선생님의 발자국 소리가 들렸다. 마치 간수의 칼자루 소리 같았다. 잽싸게 자세를 바로잡았다. 그러고는 죽는 표정을 지었다. 진짜 죽을 맛이있다.

저녁은 호박 칼국수였다. 칼국수는 은비가 가장 싫어하는 음식이었다. 기가 막혔다. 아주 이제 대놓고 나를 구박하는구나! 계모에게 미움 받는 콩쥐가 된 기분이었다. 결국 아무 말도 없이 썰렁한 분위기에서 억지로 몇 젓가락 먹다가 그만두고 말았다.

"왜 안 먹어?"

"……!"

엄마가 퉁명스레 물었다. 대답하지 않았다. 그러자 아빠가 헛기침을 큼큼하면서 곱지 않은 시선을 보냈다. 동생 녀석은 그러거나 말거나 아귀아귀 잘도 퍼먹었다. 걸신들린 비렁뱅이와 똑같았다. 에그그! 저 듣보잡(듣도 보도 못한 잡놈)! 눈을 허옇게 흘기고는 속으로 욕을 퍼부었다.

"너는 어째 나이가 들수록 엄마한테 더 뻐팅기니? 다른 집 딸들은 엄마랑 사근사근 친하게 지낸다는데."

내가 할 말을 엄마가 하네? 다른 집 엄마들은 딸을 얼마나 위하는지 알아? 흥! 이번에는 엄마에게 속말을 중얼거리고 콧방귀까지 내쏘았다. 그러고서 벌떡 일어났다. 속말을 알아들었는지 엄마의 앙칼진 목소리가 곧바로 날아들었다.

"이따 상 가지고 나가서 설거지나 해! 나, 하루 종일 일하느라고 힘들어 죽겠어. 다 큰 년이 엄마를 돕지는 못하고……."

드디어 년이라는 말이 등장했다. 그것은 폭발하기 일보 직전이라는 의미였다. 웃음이 사라지고 온기가 없어진 집! 씁쓸했다. 마루에 멍하니 앉아 있다가 밥상을 들고 부엌으로 가 설거지를 마쳤다. 그리고 엄마가 씻어놓은 무를 한 개 가지고 윗방으로 갔다. 소리 안 나게 가만가만 씹어 먹었다. 달달하고도 시원하니 간식으로는 그만이었다.

아홉 시 뉴스 소리가 크게 들려오던 안방이 찬물이라도 끼얹은 듯 잠잠하다 싶더니, 엄마 아빠의 대화 소리가 소곤소곤 들려왔다. 허리를 옆으로 한껏 기울여 벽에 귀를 바짝 들이댔다.

"내가 전화로 물어봤더니 그런 조그마한 새끼는 효과가 좋다고 소문이 나서 50만 원이나 달라는 거야!"

"50만 원이나요?"

"글쎄 그렇다니까! 대도시에 사는 임자를 제대로 만나면 1백만 원도 받을 수 있대. 갓 태어난 새끼를 최고로 쳐준다더라고, 탯줄이 달린."

"갓 낳은 새끼를요?"

엄마의 목소리가 갑자기 높아졌다. 많이 놀란 목소리였다. 은비도 놀랐다. 설마 탯줄이 달린 걸? 직접 눈으로 보지 않고서는 믿을 수가 없었다.

"응! 그걸 그대로 병에 넣고 술을 담가서 1백 일이 지난 후에 하루 두 잔씩 먹으면 불로초가 따로 없대. 아무튼 노루도 좋고, 고라니도 좋고, 멧돼지도 좋고, 오소리, 너구리, 족제비, 야생 짐승들은 뭐든 다 돈이 꽤 된대. 없어서 못 판다는 거야."

털보 아저씨가 해줬던 말이 귓가를 맴돌았다. 건강원에 몰려온 사장들이 멧돼지 새끼 다섯 마리를 통째로 솥에 삶아 소주 안주로 먹더라는 그 얘기가 메아리쳐 울렸다. 눈을 질끈 감았다. 그래도 끔찍한 상상의 광경이 없어지지 않았다. 꿀꿀거리면서 살려달라고 소리치는 새끼돼지들이 선명히 떠올랐다. 아, 너무 불쌍해! 두 눈에 눈물이 고였다.

"힘들게 농사지을 거 없겠네요? 뭐든 한 달에 두 마리만 잡으면 돈 1백 만 원 될 거 아녜요"

"글쎄 내 말이 그 말이라고. 우리 여태 농사짓느라 헛고생한 거야! 이번 겨울에는 나도 본격적으로 나서봐야겠어!"

엄마와 아빠는 밤이 깊도록 부업 얘기를 나누었다. 엄마 아빠는 매년 농한기에 도목리에 있는 양계농장이나 능촌리에 있는 퇴비공장에서 부업을 했었다. 일당제 잡역부로 하는 것이라

일거리가 계속 이어지지는 않았다. 길어야 3주 정도였다. 그런데 이번 겨울에는 그것을 때려치우고 밀렵에 나설 모양이었다. 마음이 착잡했다.

은비는 휴대폰을 손에서 놓지 않고 있었다. 그러나 좀체 전화가 오지 않았다. 밤 열두 시가 다 되어가는데 여태 감감무소식이었다. 국사 시간에 이야기 형식으로 들었던 함흥차사였다. 궁금해서 미칠 지경이었다. 더 이상 기다리지 못하고 털보 아저씨 사무실로 전화를 걸었다. 하지만 받지 않았다. 신호음이 계속 가는데도 아무 반응이 없었다. 그 아저씨 휴대폰 번호를 알아두지 못한 게 후회가 되었다.

"혹시 그 아저씨가?"

그러고 보니 인상이 좋지 않았다. 덥수룩한 수염에 날카로운 눈빛, 이마와 뺨에 난 깊은 흉터, 엽총만 열심히 닦던 모습, 지나치게 친절한 태도 등등. 한번 의심을 품자 수상한 점이 한두 가지가 아니었다.

"세상에는 양의 탈을 쓴 늑대들이 많고, 악마도 천사로 가장한다잖아?"

심장이 펄떡펄떡 뛰었다. 험상궂은 털보 아저씨가 불쌍한 먼데이를 잡아먹는 모습이 눈앞에 생생하게 펼쳐졌다.

"아, 안 돼! 우리 먼데이! 내 아기!"

진석이한테 전화를 걸었다.

"야, 진석아! 큰일 났어!"

"왜? 뭔데?"

"여태까지 전화가 없는 걸 보면 우리가 속은 것 같아! 그 털보 아저씨 아무래도 사기꾼 같아."

"맞아! 그 아저씨 사냥꾼이었다고 그랬잖아? 밀렵도 많이 했었고."

본인 말로는 깊이 뉘우쳐 마음을 완전히 바꿨다고 그랬지만 또 언제 변할지 모르는 일이었다. 문득, 제 버릇 개 못 준다는 속담도 떠올랐다.

"아, 어떡해? 호랑이 굴에 아기 토끼를 넣어두고 온 꼴이 되었으니!"

은비는 누웠다가 일어나고 일어났다가 도로 눕고를 수십 차례 반복하며 밤을 지새웠다. 지루한 밤이었다.

가벼운 발걸음

"아하하하!"

"으후후후!"

허파가 터지고 허리가 부러지려 했다. 배꼽이 쑥 빠졌다. 양쪽 눈에서는 눈물이 찔끔찔끔 흘렀다. 배를 움켜잡고 웃느라 숨을 쉬지 못했고, 너무 웃어서 이제 더 이상 웃을 힘조차 없었다. 다른 사람들도 손뼉을 치며 입이 찢어져라 크게 웃었다. 은비는 근래 들어 그렇게 웃어보기는 처음이었다. 그동안 켜켜이 쌓였던 스트레스가 한 방에 날아가버렸다.

노래도 잘하고 춤도 잘 췄다. 정말 재미있었다. 그러나 다른 한편으로 가슴이 뭉클하기도 했다. 왠지 모르게 슬픈 느낌도 들었다. 그건 두 아가씨의 외모 때문이었다.

"진석아, 좀 슬프기도 하다. 그렇지?"

"응! 재미있는데, 마음이 짠해!"

외모부터가 남달라 눈길을 끌었다. 둘 다 아주 작은 키로 6, 7세의 유치원생만 했다. 그런데다 머리카락을 양쪽 귀 위에 틀어 묶어 단정히 하고 화장 또한 짙게 해서 화사하게 꾸몄다. 게다가 색동저고리에 흰색 칠부 바지를 입고 바지 위에 다시 짧은 치마를 입어 전체적으로 귀여운 아이의 이미지를 강조했다. 그렇지만 얼굴에 나타난 나이는 감출 수가 없었다. 아무리 적게 봐도 삼십대 중반은 되어 보였다.

아무튼 왜소증의 두 자매 아가씨는 신명나는 노랫가락과 코믹한 댄스로 관중을 휘어잡았다. 둘이 얼마나 손발이 척척 맞는지 마치 한 사람이 움직이는 것 같았다. 둘이 마주 보고 서서 북 하나를 같이 쳐대는 장면에서는 입이 떡 벌어졌다. 타 도시에서 온 사람이 분명해 보이는데 말투는 충청도 본토박이 사투리를 흉내 내고 있었다. 게다가 다짜고짜 반말이었다. 그런데도 조금도 불쾌하지 않았다.

"니덜은 나를 그지루 알지만, 그지라구 다 같은 그지가 아니여! 사람 잘 봐야 혀! 나가 이래 뵈두 겁나게 유명헌 전국구 그지여! 여기 괴산에서 제일가는 부잣집 싸모님보담두 명품이 많어. 세계적인 명품으루다가 온몸을 도배허구 댕기는 그지다 이 말이여! 한 번 볼텨?"

구경꾼들이 한 번 보자고 아우성을 치고 어서 내보이라며 손을 펼쳤다. 그러자 각설이 한 아가씨가 머리에 쓰고 있던 벙거지 모자를 벗어 들었다. 윗부분에 구멍이 뻥 뚫린 흑갈색의 낡은 모자였다. 그 벙거지를 뒤집더니 속을 구경꾼들에게 보였다.

"여기 붙어 있는 요 라벨 딱지를 똑바루 봐! 뭐라구 쓰여 있어? 영어라 잘 모르능가 보구먼 그랴! 이게 독일제 아디다스여, 아디다스!"

독일제 아디다스라는 말에 사람들의 웃음보가 터졌다. 웃음소리가 대포 소리만큼 커서 귀가 다 먹먹했다.

"그라구 나가 들고 있는 이 핸드백. 너그덜 놀라자빠지지 마! 이짝 여기를 잘 보믄 루이비똥이라구 쓰여 있어. 눙깔 크게 뜨구 봐봐! 보여, 안 보여?"

핸드백이 아니라 찌그러진 깡통이었다. 깡통 옆면에 검은색 매직펜으로 '루이비똥'이라고 큼직하게 써놓은 것이었다. 또 한 번 고막을 찢는 웃음소리가 사방으로 울려 퍼졌다.

"그 다음은 나가 신고 있는 요 신발을 잘 좀 봐! 요기 무슨 로고가 붙어 있어?"

각설이 아가씨가 발 한쪽을 들어보였다. 검은색 고무신을 신고 있는 오른발이 아닌 흰색 고무신을 신고 있는 왼발을 치켜든 것이었다. 고무신을 보자마자 또 웃음이 터져 나왔다. 아까보다 웃음소리가 더 커 장내가 떠나갈 듯했다. 나이키였다. 흰색 고무신에 검은색 매직펜으로 나이키 로고를 대충 그려 넣은 것이었다.

아줌마들, 아저씨들, 할머니들, 할아버지들이 일제히 배꼽을 잡았다. 웃느라 허리가 부러지고 틀니가 빠질 지경이었다. 웃음거리가 없는 시골에서 왜소증의 각설이 아가씨 자매는 사람들을 웃기기 위해 혼신의 힘을 다 쏟고 있었다. 우스운 분장을 한 채 보잘것없는 엿을 팔면서도 조금도 부끄러워하거나 망설이지 않고 당당하게 본인의 장기를 펼쳤다. 아주 오랫동안 준비를 하고 연습을 해온 일인 듯 말과 행동이 자연스러워 거부감이 전혀 들지 않았다. 얼굴에는 자부심마저 감돌았다. 은비는 은근히 그 두 자매가 존경스러웠다.

흘러내린 바지를 우스꽝스런 동작으로 추켜 올린 각설이 아가씨가 목청을 가다듬었다. 이어 신나는 노래 한 곡을 더 부르고 나서 엿을 팔 테니까 각자 2천 원씩 손에 들고서 대기하고 있으라며 능청을 부렸다. 그러고 나서 다시 입을 꾹 다문 채 머리를 크게 흔들며 폼을 잡던 각설이 아가씨 둘이 드디어 작은 입을 크게 벌렸다.

"어얼 씨구 씨구 들어간다 저얼 씨구 씨구 들어간다 작년에 왔던 각설이 죽지도 않고 또 왔네 어허 품바가 들어간다 품바 품바 들어간다"

음악 선생님한테 말로만 듣던 각설이 타령 즉 품바타령이었다. 1학기 시험에 실제로 출제되기도 했었다. 그런데 운 없게도 틀리고 말았다. 직접 보고 들으니 그 선생님이 나중에 문제풀이를 해주며 설명했던 말이 또렷이 기억났다. 품바타령, 각설이타령, 장타령 다 같은 말인데, 품바란 장터나 길거리를 돌아다니면서 동냥을 하는 동냥아치 즉 거지야. 대개 4박자로 된 4소절이 반복되고 간혹 6소절, 8소절도 있지. 상황에 따라 타령의 분위기가 다양하게 변해. 잔칫집에서는 흥겹고 신명나게 초상집에서는 애절하고 숙연하게 불러 웃음도 주고 눈물도 주는 민초들을 위한 민요, 속요라 할 수 있어! 같은 품바타령이라도 부르는 사람에 따라 그 맛이 달라서 걸죽걸죽 넘어가는가 하면 한이 서린 애조로 가슴을 치기도 하고, 판소리처럼 사설을 넣어 부르거나 민요처럼 구성지게 부르기도 해서 개성이 잘 드러나지!

뇌 속 어디가 고장이 났는지 기억이 참 이상했다. 조용한 시험장에서는 하나도 생각 안 나고 시끄러운 장마당에서는 또렷하게 기억나고. 돌아가신 외할머니에게서 유전을 받은 건지 수시로 깜빡깜빡했다. 은비는 자기 머리통을 한 대 쥐어박고 싶었다. 아무튼 은비나 진석이나 품바타령을 실제 들어보기는 처음이었다. 아이돌 그룹이 부르는 최신 음악이나 어쩌다 들었지, 어른들이 부르는 장마당 노래는 들어본 적이 없었다. 그런데 장소가 장소라서 그런지 괜찮았다. 빠르고 단순한 리듬에 알게 모르게 흥이 나 어깨가 들썩였다.

구수하고 코믹한 품바타령이 끝나고 왜소증의 두 아가씨가 엿을 팔기 시작했다.

"하나 주세요!"

은비는 주저 없이 엿 한 통을 샀다. 엿을 좋아하지는 않지만 사 주고 싶어서였다.

"나도 하나 주세요!"

진석이도 따라서 한 통을 샀다.

은비와 진석이는 엿을 한 통씩 들고 그 자리를 떴다. 하지만 사람들이 너무 많아 이동하기가 어려웠다. 고추 축제가 열리고 있는 동진천 일대는 그야말로 인산인해였다. 관내 열 개 면에서 나온 괴산 군민들은 물론 인근의 증평, 음성, 충주, 청주, 보은 등에서도 사람들이 몰려와 입추의 여지가 없었다. 해마다 9월 초순에 열리는 '괴산 고추 축제.' 조용한 시골 읍의 가을 축제는 가장 큰 종합행사였고 가장 재미있는 볼거리였기에 남녀노소가 앞다퉈 달려왔다. 이제 괴산 고추 축제를 필두로 해서 음성 설성문화제, 충주 사과 축제, 보은 대추 축제, 증평 인삼골 축제 등등, 가을 축제들이 줄줄이 이어질 것이었다. 가히 축제의 계절이었다.

은비는 진석이와 함께 임꺽정 주막거리를 지나고 고추 경매장을 지나 고추 품평대회가 진행되고 있는 고추 홍보관으로 들어갔다. 그곳에도 사람들이 많이 몰려 있었다. 사람들을 비집고 앞쪽에 자리를 잡았다. 심사대 부근에 아빠의 모습이 보였다. 허리를 굽히고 투명비닐 포대에 담긴 고추를 살펴보는 중이었다. 엄마는 손에 마른 수건을 들고 고추를 연신 꺼내 닦아댔다. 조금이라도 더 깨끗하고 색깔 좋게 보이려고 애를 썼다. 하지만 엄마 아빠의 표정이 그리 밝아 보이지 않았다.

옆으로 죽 세워놓은 같은 크기의 고추포대가 50여 개쯤 되었다. 1차 심사를 통과한 것들이었다. 다른 출품인들도 마지막 고추 손질에 여념이 없었다. 모두들 가장 잘 익고 잘 말린 고추를 골라서 가지고 온 것이라 품질이 비슷비슷했다. 2차 심사가 시작되고 조금 지나 은비는 그곳을 나왔다.

"아직 시간 안 됐는데 벌써 가려고?"

"여기저기 구경하다 보면 시간 되지!"

풍물장터를 구경하면서 거의 끝부분까지 갔을 때였다. 은비는 걸음을 멈췄다. 그리고 서너 발짝 앞쪽 한 곳을 뚫어져라 쳐다보았다. 체구가 작고 머리카락이 새하얀 할아버지가 쪼그려 앉아 있었다. 햇볕에 그을려 시커먼 얼굴에는 주름이 빼곡해 마치 수십 마리 지렁이들이 기어 다니는 것 같았다. 징그러웠다.

"왜 그래, 누나?"

"저 할아버지 발 앞에 있는 저것들."

할아버지가 땅바닥에 펼쳐놓은 책상 두 개 넓이의 비닐깔판 위에는 여러 가지 물건들이 놓여 있었다. 가슴이 두근거렸지만 은비는 가까이 다가가 살펴보았다.

말린 지네, 말린 굼벵이, 말린 두꺼비, 말린 매미허물 등이 앞줄에 진열되어 있었다. 그리고 뒷줄에는 죽은 까마귀, 청설모, 족제비 등이 가지런히 놓여 있었다. 죽은 채 바짝 말라 있는 네 마리의 고슴도치 가족도 보였다. 까마귀, 청설모, 족제비의 두 눈동자는 이미 썩어 없어져 검은 구멍만 뻥 뚫려 있었다. 어지러웠다. 자꾸 그 검은 구멍으로 빨려 들어가는 느낌이 들었다. 두꺼비 울음소리, 매미 울음소리, 까마귀 울음소리가 한꺼번에 들려오기도 했다. 혹시 꿈에 나타날까 봐 두려웠다.

풍물장터를 벗어나 진석이 뒤를 따랐다. 조금 전에 봤던 죽은 동물들의 모습을 지우려고 머리를 흔들어도 보고 눈을 깜박여도 보았다. 그러나 소용없었다. 이미 뇌리에 깊이 각인되어 지워지지 않았다. 무작정 사람들이 몰려 있는 곳으로 다가가 안으로 파고들었다. 씨름판이었다. 진석이가 좋아했다.

"씨름왕 선발대회네?"

"너도 중등부로 나가볼 걸 그랬다. 초등학교 때 씨름선수였잖아?"

"에이! 안 한 지가 몇 년짼데."

"뭘 몇 년째야? 겨우 2년밖에 더 됐어!"

진석이는 자신이 없는 모양이었다. 대진표를 보더니 고개를 저었다. 중등부 대진표에는 아는 이름이 보였다. 이상택. 같은 중학교 3학년으로 악명 높은 아이였다. 그와 그의 패거리들이 건너편에 모여 앉아 모래판을 지켜보고 있었다. 진석이도 씨름판에서 눈을 떼지 못했다. 다른 곳으로 갈 생각을 않고 한 발 더 앞으로 나가서 자리를 잡았다. 씨름에 미련이 있는 게 분명했으나 공부나 하라는 아버지의 명령을 거역할 진석이가 아니었다. 은비도 옆에 앉아 경기 중인 선수를 지켜보았다. 덩치가 큰 일반부 예선전 경기였다. 둘 다 강력한 우승 후보들이라 결승전이나 다름없었다.

"진석아, 누가 이길 것 같니?"

"음! 저쪽 홍샅바!"

"그래? 그럼 나는 이쪽 청샅바. 내기다, 우거지국밥 내기."

아까 풍물장터 간이음식점 가마솥에서 펄펄 끓던 우거지국밥이 떠올랐다. 말라죽은 동물들의 모습을 본 충격으로 잠시 배고픔을 잊고 있었는데 출출했다. 오랜만에 읍에 나왔으니까 솔직히 폼 나게 햄버거나 피자를 좀 먹고 싶었건만, 장마당에는 보이지 않았다. 온통 시골스러운 토속음식들뿐이었다.

"어? 저러면 안 되는데. 저기선 콩꺾기를 해야지!"

진석이가 무릎을 치며 아쉬워했다. 그러더니 두 눈을 밥사발만하게 뜨고 양 선수를 세밀히 살피면서 중계방송을 펼쳤다.

"저 땐 꼭두잡이가 나아. 에이!"

막상막하였다. 덩치와 힘, 기술이 비슷해 쉽게 승부가 나지 않았다. 관중들은 손에 땀을 쥐었다. 두 선수는 천천히 좌측으로 돌면서 얼마간 탐색전을 벌이는가 싶더니 청샅바가 먼저 발등걸이로 선제공격을 했다. 기습공격을 당한 홍샅바는 넘어질 듯 넘어질듯 뒤뚱거리다가, 호미걸이로 응수, 눈 깜짝할 사이에 한 판을 따냈다.

"아, 역시 홍샅바가 한 수 위야!"

"그렇지! 실력이 전혀 녹슬지 않았어!"

"아니여! 이제 한 판 가지고 뭘? 좀 더 지켜보자구!"

의기양양해진 홍샅바는 두 번째 판이 시작되자마자 여유를 주지 않고 줄기차게 청샅바를 공격했다. 앞무릎치기, 앞다리걸기, 밭다리후리기, 낚시걸이, 들배지기, 엉덩배지기 등등의 다양하고도 현란한 기술로 잠시도 공격의 고삐를 늦추지 않았다. 그런 홍샅바의 연속 공격을 잡치기, 오금걸이, 안다리걸기 등으로 힘겹게 버텨내며 반격의 기회를 노리고 있던 청샅바는 홍샅바가 돌림배지기를 시도하려는 찰나 바깥다리후리기로 홍샅바를 모래판에 그대로 눕히고 말았다. 1승 1패였다. 구경꾼들이 자기 의견을 내세우며 티격태격했다.

"저것 봐! 홍샅바 실력도 만만치 않잖아? 저 기술이 호미걸이라는 거야."

"빈 수레가 요란하다고, 알은체하기는……. 저건 빗장걸이야."

"둘 다 틀린 것 같으니 조용히 좀 하게. 이제 마지막 판이야."

세 번째 판이 시작되었다. 빙 둘러선 모든 사람들은 선수들의 일거수일투족을 조마조마하게 지켜보았다. 은비와 진석이도 입술에 침을 발라가며 두 선수의 움직임을 주시했다. 서로 상대의 샅바를 잡고 일어선 두 선수는 한동안 가만히 서서 움직이질 않았다. 섣불리 선제공격을 했다가는 오히려 역습을 당할 수도 있기에 팽팽한 신경전을 펼치는 것이었다. 그렇게 얼마간을 움직임 없이 서 있던 두 선수가 이번에는 오른쪽으로 한참을 돌았다. 그러다 무슨 허점을 발견했는지 홍샅바가 번개 같은 차돌리기로 청샅바를 공격했다. 그러나 청샅바도 지지 않고 애목잡채기로 버텼다. 그러더니 잽싸게 뒷무릎치기를 시도했고 그 바람에 몇 발짝 뒤로 물러서던 홍샅바는 겨우겨우 자세를 잡은 뒤 연장걸이로 대항, 둘은 거의 동시에 모래판에 넘어지고 말았다.

"와와~! 홍샅바가 이겼다."

"무슨 소리야? 청샅바가 이겼지!"

구경꾼들이 두 패로 갈려 서로 자기들 주장이 옳다고 웅성거렸다. 장내는 금방 소란스러워졌다. 의견이 나뉘어져 서로 말씨름을 벌이느라 점점 더 시끄러워졌다. 심판들이 모여 논의를 했으나 쉽게 결정을 내릴 수가 없는지 고개만 갸웃거렸다.

잠시 후, 주심이 두 선수를 불러내 손을 잡더니 청샅바의 손을 번쩍 들어주었다. 청샅바 지지자들이 승리의 함성을 질렀다. 하지만 홍샅바 지지자들의 야유 소리 또한 높았다.

"이거 완전 엉터리야. 다시 해!"

누군가가 엉터리 판정이라면서 심판진을 향해 상스런 욕설을 퍼부었다. 그와 동시에 모래판으로 물병, 음료수 병이 날아들었다. 그게 신호가 되어 곧 모자며, 신발이며, 막걸리 통이며, 각종 오물이 날아들더니 급기야 양쪽 사람들이 몰려나와 서로 자기들이 옳다며 난타전을 벌였다. 씨름판이 순식간에 싸움판으로 변하고 만 것이었다. 심판의 판정에 따르면 될 것을. 도무지 이해할 수 없는 광경이었다.

"진석아, 가자!"

은비는 어른들의 싸움 구경을 하려는 진석이를 잡아끌었다.

저녁을 먹는 것도 깜박하고 은비와 진석이는 홍명희 생가 앞마당에서 펼쳐진 임꺽정 선발대회를 구경했다. 청천면에서 왔다는 근육질의 서른세 살 남자가 올해의 임꺽정으로 선발되었다. 상금이 1백 만 원이나 되었다. 진석이가 몹시 부러워하는 눈치였다. 은비도 부러웠다.

"아까 씨름에서 보니까 중등부 우승하면 상금이 50만 원이던데. 진석이 너도 나가볼걸 그랬어!"

"아니야. 나, 자신 없어! 아마 예선 통과도 못 할 거야."

"왜 미리 그런 소리를 해? 나가보지도 않고."

"이제 빨리 가자, 누나! 약속 시간 다 됐어."

씨름 얘기를 하기 싫은지 진석이가 먼저 앞섰다. 홍명희 생가를 나서 향교 쪽으로 걸었다. 동진천을 따라 길게 마련된 고추 축제장에는 여전히 사람들이 북적거렸고 시끌벅적했다. 그러나 씨름판은 고성이 오가고 욕설이 난무하는 게 좀처럼 질서를 되찾지 못하고 있었다. 빨리 경찰을 부르라는 말이 여기저기서 터져 나왔다.

"누난 임꺽정에 대해 잘 알아?"

"나도 잘은 몰라! 홍명희 선생님이 쓴 소설 속 주인공이라는 것밖에. 작년에 국어 샘한테 얘기 들었거든!"

"그 소설 무슨 내용이야?"

"조선시대 때 소 잡는 백정 아들 임꺽정이라는 힘센 장사가 있었는데, 산적두목이 되어 활약하는 이야기래. 그 책이 열 권짜리라 우리는 지금 못 읽고 나중에 대학에 가서 읽어보라고 그랬어."

얘기하며 걷다 보니 털보 아저씨 사무실이었다. 아저씨의 빨간 지프차가 밖에 세워져 있었다. 안으로 들어갔다. 먼데이를 살피던 아저씨가 반갑게 맞아주었다. 일주일이나 지나서 만나는 것이었다.

"어서 와라."

"아저씨, 우리 먼데이는요?"

"직접 봐!"

책상 옆에 놓인 박스로 다가가 속을 들여다보았다.

"어머!"

은비는 너무 기뻐서 얼떨결에 진석이를 껴안았다. 진석이도 기쁜 나머지 자신도 모르게 은비를 껴안았다. 둘은 서로를 껴안고 팔짝팔짝 뛰었다. 그러면서 제자리에서 뱅뱅 돌기도 했다. 털보 아저씨가 땅 꺼진다고 말려서야 멈췄다. 박스 속에 앉아 있는 먼데이는 건강이 많이 좋아져 머리를 들고 두리번거리고 있었다. 커다란 눈동자에는 생기가 감돌았다. 은비가 머리를 쓰다듬자 알아보고 눈을 끔벅거렸다. 혀를 내밀어 손을 핥기도 했다.

"아이고! 귀여운 내 아기!"

"충주에 있는 큰 동물병원에 이틀에 한 번씩, 세 번이나 갔다 온 거야."

"세 번이나요? 정말 고마워요, 아저씨!"

그런 줄도 모르고 잠시나마 아저씨를 못된 사기꾼이라고 의심했던 게 부끄럽고 미안했다. 겉모습만 보고 사람을 함부로 판단하다니! 몹시 후회되었다. 진석이도 죄송스런 마음에 뒤통수를 벅벅 긁었다.

"고맙기는. 그저께야 연락을 해서 내가 오히려 미안하지! 그동안 너희가 많이 걱정했을 텐데. 하여튼 먼데이는 목 상처도 거의 아물고 발목도 거의 아물어서, 질병이나 사고 같은 돌발적인 변수만 없으면 이제 생명에는 지장이 없단다. 영양식만 잘 먹이면 건강을 완전히 되찾을 거래!"

은비는 먼데이가 너무도 대견해 뺨을 대고 비볐다. 진석이도 흐뭇한 표정으로 등을 어루만졌다. 무엇보다 자신의 노력으로 살려낸 생명이라 더욱 예뻐 보였고 기뻤다. 생명을 구한다는 게 그처럼 기쁜 일인 줄 예전에는 전혀 느껴보지 못했었다.

"수의사가 그러는데 발이 일찍 부러지는 바람에 살아난 거란다."

"예? 그게 무슨 말씀이에요?"

"목에 올가미가 걸렸으니 달아나려고 버둥거릴 거 아냐? 그러나 그러면 그럴수록 올가미가 목을 조여 결국 숨이 막혀 죽게 되는 거지. 그런데 먼데이는 처음 몇 번 버둥거릴 때 앞다리가 부러지면서 옆으로 넘어진 거야. 새끼니까 뼈가 약해서. 옆으로 넘어지고 다리가 부러진 상태에서도 계속 버둥거렸겠지만, 철사 줄 올무가 그렇게 심하게 목을 조이지는 않은 거지! 그러다가 다행히도 은비 네 눈에 띄게 된 거고."

무슨 말인지 이해가 되었다. 그렇게 해서 자신과 아슬아슬하게 인연이 된 먼데이가 더욱더 사랑스러웠다. 하지만 앞으로 평생을 세 다리로 살아가야 할 걸 알기에 불쌍하기도 했다. 앞쪽 오른발 정강이 중간 밑으로 완전히 잘려나간 상태였다.

"트라우마라고 들어봤지?"

트라우마? 얼핏 기억이 났으나 가물가물했다.

"눈에 보이는 겉의 상처보다는 마음속의 상처가 더 깊을 거야. 사람이나 동물이나 육체적으로 큰 재해를 당하고 나면 그만큼 정신적 충격도 커서 깊은 내상을 입게 되지! 심리가 아주 불안정해져 안정을 찾을 때까지 시간이 꽤 오래 걸린다고. 사랑으로 꾸준히 보살펴야 안정이 되는 거야. 너희 저녁 안 먹었지? 나가자!"

풍물장터로 가서 우거지국밥을 먹기로 하고 털보 아저씨를 따라 걸었다. 가면서 은비는 장터에서 보았던 할아버지 얘기를 했다. 까마귀, 청설모, 족제비, 고슴도치 가족에 대해 자세히 설명을 해줬다.

"그 할아버지 나도 알아! 문광면 방성리에 사는 여든한 살 오 씨 할아버지야. 민간요법에서 약으로 쓴다고 그렇게 잡아다 파셔. 그분처럼 조금씩 잡아다 파는 것도 문제지만, 더 큰 문제는 대규모로 밀렵을 해서 암암리에 거래를 하는 거야. 규모가 아주 큰데도 적발하기가 쉽지 않아. 적발을 해도 거세게 반항을 하니까 위험하기도 하고."

고추 축제장은 어둠이 내리고 불이 켜져 야시장으로 변해 있었다. 하지만 사람들은 줄어들지 않고 늘어난 것 같았다. 풍물장터 여러 거리 중 음식점 거리가 가장 붐볐다. 여기저기서 술에 취한 사람들의 노랫소리가 들려왔다.

"은비는 내가 보니 수의사가 어울릴 것 같아. 충주 동물병원도 여자 수의사더라고. 우리 괴산군에는 동물병원이 없잖아? 이래저래 병들거나 다친 동물들이 꽤 많을 텐데. 어때?"

"수의사요? 되면 좋지만, 저는 공부를 그리 잘하지 못해서……."

목소리가 기어들어가고 얼굴이 벌게졌다. 한번 해볼까 하는 생각이 들기는 했지만 자신이 없었다. 그쪽과는 방향이 약간 다른 것 같기도 했다.

"공부야 이제부터 열심히 하면 되지 뭐. 참! 너희, 고추 축제 기간 동안 알바 좀 해볼래?"

알바? 귀가 솔깃했다. 걸음을 멈추고 아저씨의 입을 바라보았다. 진석이도 구미가 당기는지 군침을 삼켰다.

"축제 구경꾼들에게 밀렵을 금지하고 야생조수를 보호하자는 홍보 전단지 나눠주는 일이야. 야생동물보호법도 적혀 있는 거야. 하루 서너 시간 정도만 하면 돼! 조금이나마 수고비 줄게. 밥도 사주고."

"좋아요! 할게요!"

흔쾌히 수락했다. 적으나마 스스로 용돈을 번다는 생각에 발걸음이 가벼웠다. 우거지국밥집 나무 의자에 앉자마자 때마침

불꽃놀이가 시작되었다. 형형색색의 불꽃들이 어둔 밤하늘에 곱게 피어났다가 사라졌다. 모든 불꽃들이 다 화려하고 예뻤다. 하지만 너무 일찍 없어져버려 아쉬움이 컸다. 어쨌든 기분 좋은 밤이었다.

얼떨 키스

마당에 하나 가득이었다. 우표 딱지만 한 빈틈도 없이 빽빽
했다. 마당뿐이 아니었다. 마루에도, 부엌에도, 안방에도, 윗방
에도 가득 차서 집이 미어터질 지경이었다. 심지어 담장 위에
도, 지붕 위에도, 감나무 위에도 빈자리 하나 없이 꽉꽉 들어찼
다. 많아도 너무 많아 정신이 없었다. 그런데도 계속 몰려들고
있었다. 호랑이, 곰, 사슴, 노루, 산양, 산토끼, 멧돼지 등의 산짐
승들은 물론 까마귀, 매, 꿩, 독수리, 올빼미 등의 날짐승과 파
충류, 양서류, 설치류 등도 줄을 이었다. 그들은 하나같이 머리
에, 눈에, 코에, 귀에, 입에, 가슴에, 등에, 앞다리에, 뒷다리에,
꼬리에 깊은 상처를 입고 있었다. 특히 뱀들이 많았다. 별별 뱀
들이 다 몰려와 있었다.

"아, 이게 뭐야? 우리 집이 노아방주도 아니고."

은비는 난리 법석을 피워대는 어마어마한 숫자의 동물들을 바라보며 난감해했다. 불쌍해서 치료를 해주고는 싶었으나 상상도 할 수 없는 엄청난 숫자라 손을 쓸 방도가 없었다. 먼데이를 집으로 데리고 와서 빈 돼지우리에 감춰두고 몰래 돌봐온 지 한 달, 마침내 상처가 완전히 아물어 완쾌되었다. 그 이야기가 동물들 사이에 빠르게 퍼지고 번져 전국에서 몰려온 것이었다. 아까 점심 무렵부터 꾸역꾸역 몰려드는 동물들을 보고 놀란 엄마, 아빠, 동생은 숟가락을 내던지고 뒷동산으로 줄행랑을 쳐버렸다. 신발도 신지 않은 채였다. 이제 곧 그 뒷동산까지도 온갖 동물들로 가득 찰 게 확실했다. 아직도 엄청난 수의 동물들이 까치고개를 계속 넘어오고 있었다.

"발 없는 말이 천 리를 간다더니. 나 참 어떡하지?"

도무지 대책이 서지 않았다.

"어? 어디 갔지?"

먼데이가 보이지 않았다. 세 다리로 걷는 연습을 시켜야 하는데 동물 떼에 파묻혀 눈에 띄지 않았다. 마당에 가득 들어찬 동물들을 헤집고 아무리 찾아봐도 없었다.

"혹시 큰 동물에 밟혀서 사고가? 아니야. 그럴 리가 없어!"

고개를 저었다. 큰소리로 이름을 불렀다.

"먼데이! 먼데이!"

목이 터져라 불렀으나 대답이 없었다. 목소리를 알아듣고 나타나거나, 아니면 울음소리라도 내서 자기 위치를 알릴 텐데, 그러지 않았다. 다시 더 큰소리로 불렀다.

"먼데이! 먼데이!"

"뭔 먼데이?"

누가 귀를 잡아당기는 바람에 눈을 번쩍 뜨고 고개를 들었다.

담임이었다. 교단에 서 있던 담임이 어느새 옆으로 다가온 것이었다.

"오늘이 먼데이냐? 프라이데이지!"

그 말에 반 아이들이 와르르 웃었다. 옆에 앉은 짝 현지도 배꼽을 잡았다. 은비는 짝이 알미웠다. 담임이 다가오고 있는 걸 알았을 텐데도 깨워주지도 않고. 눈을 한 번 흘겼다. 반 아이들은 아직도 은근히 은비를 따돌리고 있었다. 지난번 몰래 학교 뒷담을 타넘어 땡땡이쳤던 일로 그러는 것이었다. 하필이면 그날 진석이도 땡땡이를 쳐 그 다음날 교무실 앞 복도에서 함께 벌을 받았으니. 그 일 때문에 나쁜 소문이 전교에 쫙 퍼져 얼굴이 화끈거릴 때가 많았다. 몇몇 아이는 성적 수치심을 주는 말을 뒤에서 수군거리며 심하게 놀려댔다. 일절 대응을 안 하고 무시해 버렸으나 속으로는 기분이 몹시 상했다.

"침으로 아주 교과서를 물세탁 했네! 집에선 뭐하고 학교에 와서 자?"

아이들이 또 한바탕 입이 찢어지도록 웃었다. 점심을 먹은 후 5교시 수업을 받다가 꾸벅꾸벅 존 것이었다. 얼마간을 졸다가 그대로 교과서에 뺨을 대고 아예 잠이 들어버리고 말았다. 먼데이를 숨겨둘 장소를 구하지 못해 걱정하느라 며칠 밤잠을 제대로 못 잤더니 피로가 쌓인 모양이었다. 털보 아저씨는 그냥 사기 사무실에 두고 가끔 구경 오라고 했지만 부담이 되어 싫었다. 매일매일 바쁜 줄 뻔히 알면서 그 아저씨한테 더 이상 맡길 수는 없었다. 그리고 무엇보다 자기 옆에 두고 수시로 보살피고 싶었다. 진석이와 머리를 맞대고 생각을 짜내봤으나 뾰족한 수가 없었다.

"얼른 교과서 침 닦아! 학생에게 교과서는 군인한테 총이나 마찬가지야. 소중하게 다뤄야지. 군인이 총 막 다루는 거 봤어?"

담임이 총 얘기를 비유로 드니까 며칠 전에 본 털보 아저씨의 엽총이 떠올랐다. 털보 아저씨는 엽총을 기름걸레로 수시로 닦았다. 은비는 가방에서 휴지를 꺼내 교과서를 꼼꼼히 닦았다. 이렇게 침을 질질 흘리면서 동물들 꿈을 꾸고 잠꼬대까지 했으니! 너무 창피해서 얼굴이 홍고추가 되고 말았다.

"수업 시간에 조는 것보다 더 나쁜 건 결석을 하는 거와 땡땡이치는 거야! 내가 얘기 하나 해주지! 콩나물 철학이라고 있어! 비좁고 어두운 시루 속에 불린 콩을 가득 넣고 날마다 아침저녁으로 물을 부어주지. 그러면 물은 시루에 잠시도 머물지 않고 아랫구멍을 통해 금세 다 빠져버려! 그래도 콩들은 극소량의 영양을 섭취하며 조금씩 조금씩 자라서 어느 날은 말끔하니 길쭉한 콩나물로 성장해 있지. 애초 조그만했던 콩하고는 완전히 다른 모습으로 말이야! 학교도 마찬가지야. 담장에 갇혀 매일매일이 답답하고 힘들다 해도, 너희 자신도 모르는 사이에 조금씩 조금씩 자라가는 거야! 무슨 뜻인지 알겠어?"

"예!"

"조은비, 너는 오늘 수업 다 끝내고 교무실로 와!"

7교시를 마치고 교무실로 들어갔다. 선생님들이 각자 자기 자리에 앉아 잔무 정리를 하는 중이었다. 담임한테 다가가 옆에 섰다.

"너, 어느 고등학교 갈지 결정했어?"

"아니요. 아직……."

"아직이라니? 내일모레면 10월이야. 이제 두 달도 채 안 남았어! 얼른 정해야지. 부모님이랑은 상의해봤어?"

"아직 안 했어요."

저번에 담임이 부모님과 잘 상의해서 무슨 고등학교로 진학할 것인지 정해오라고 그랬었다. 하지만 은비는 엄마 아빠에게 말을 꺼내지 못했다. 진학 얘기를 꺼낼 집안 분위기가 아니었다. 꺼낸다고 해도 서로 상의를 하는 게 아니라 가까운 곳으로 가라고 또 윽박지를 게 뻔했다. 먼데이를 만나기 전까지는 그냥 엄마 아빠 말에 따를까도 생각했었지만, 지금은 그렇지가 않았다.

"너는 어느 고등학교를 생각하고 있는데?"

"저도 아직……."

"너 대체 요즘 왜 그러는 거야? 많이 변한 것 같아! 1학기 때는 열심이더니."

담임이 목소리를 높이며 굳은 표정으로 올려다보았다. 은비는 뭐라 대답하지 못했다. 입을 다물고 창밖으로 시선을 돌렸다. 아이들이 둘씩 셋씩 어울려 집으로 돌아가고 있었다.

"부모님과 상의해서 월요일까지 결정해와!"

그러겠다고 대답하고 몸을 돌리려는 순간,

"아이고 이게 누구냐? 조은비 아니냐?"

"안녕하세요!"

교감 선생님이 소사 아저씨랑 교무실로 들어와서 알은체를 했다. 은비는 공손히 머리를 숙였다. 지난번 땡땡이 사건으로 일주일간 교무실 청소를 하면서 교감 선생님이랑 가깝게 되었다. 교무실 구석구석을 꼼꼼히 청소하는 걸 보고 칭찬을 해주었다. 특히 교감 선생님 책상과 그 주변에 각별한 신경을 썼더니 매우 만족해했다. 간단한 대화를 나누기도 했었다. 아주 무섭고 앞뒤가 꽉 막힌 소통 불능의 선생님이라고만 생각했었는데, 의외로 따스한 면도 있었다.

"차 선생! 은비 공부 꽤 잘하지 않나요?"

"예! 상위권에는 듭니다만, 점점 떨어지고 있습니다. 수업 시간에 자주 졸고요."

얄미운 담임이 고지식하게도 곧이곧대로 대답을 했다. 융통성이라고는 눈을 까뒤집고 찾아봐도 없었다.

교감 선생님이 오라고 손짓을 했다. 다가가서 책상 옆에 다소곳이 섰다.

"너 왜 그러냐? 이제 고등학교 입시가 얼마 안 남았는데. 열심히 공부해서 청주여고나 충주여고로 진학해 나중에 서울대학까지 떡 붙어가지고, 우리 학교는 물론 괴산군 전체의 명예를 높여줘야지! 뭔 고민 있냐? 있으면 말해봐! 속에 꽁하니 감추고 있다가 큰일 내지 말고. 어서!"

문득 밑져야 본전이라는 생각이 들었다. 용기를 내기로 했다. 마른침을 한 번 꿀꺽 삼켰다. 이어서 목청을 두어 번 가다듬은 뒤 입을 열었다.

"저, 사실은요."

옆에 서 있는 소사 아저씨도, 앞쪽 책상에 앉아 있는 담임도, 2학년 때 담임인 국어 선생님도, 학교에서 가장 무서운 사회 선생님도 은비를 바라보며 귀를 기울였다. 혹시 요즘 사회적으로 물의를 빚곤 하는 청소년 성 문제나 집단 가출 같은 큰 고민이 있는 건 아닐까, 근심이 가득한 표정을 한 채 눈도 깜박이지 않았다. 그 밖의 다른 선생님 몇 명도 하던 일을 멈추고 은비에게 시선을 주었다. 난데없이 교무실에 팽팽한 긴장감이 무겁게 흘렀다.

은비는 사실대로 털어놓았다. 먼데이를 구조하던 때부터 치료를 해온 지금까지의 일을 숨김없이 다 말해주었다. 그러자 모두 안도하는 안색으로 바뀌었으나 교무실에는 잠시 더 침묵이 이어졌다. 교감 선생님의 눈빛에는 선뜻 믿지 못하겠다는 빛이 한 가닥 스쳤다. 다른 몇 선생님도 고개를 갸웃거렸다. 은비는 자기 말을 뒷받침해줄 증거가 필요할 것 같아 휴대폰을 꺼내 먼데이의 사진을 보여주었다. 세 개의 다리로 겨우 서 있는 애처로운 모습이었다.

"얘가 먼데이라 이거지?"

"예! 월요일 날 발견했다고 해서 먼데이라고 이름을 지었어요."

선생님들이 한 명 두 명 모여들었다. 교무실 끝부분에 앉아 있던 다른 선생님들까지도 하던 일을 멈추고 다가왔다.

"네 아빠가 이웃 할아버지 보신용으로 팔려고 그래서 집에서는 보살필 수가 없으니까, 이 먼데이를 숨겨놓고 계속 보살필 장소가 필요하다는 이 말이네?"

"예! 교감 선생님!"

교감 선생님이 고민에 빠진 표정을 지었다. 시선을 천장 형광등에 고정시켜 놓고 송아지처럼 두 눈을 끔벅거렸다. 얼마간 그런 표정으로 있다가 마침내 고개를 끄덕였다.

"양 씨, 우리 학교 창고 옆에 토끼 사육장 있지 않나요? 예전에 사용했다던."

"예, 있긴 있습니다만 많이 낡아서 지금은 잡동사니를 쌓아 두었습니다."

"거기 손 좀 보면 되지 않을까요? 네 평 정도 넓이로. 비바람만 가리면 되니까."

"되죠. 손보는 거 어렵지 않습니다. 창고 어디에 여분의 철망도 있을 겁니다."

"그러면 그것 속히 손봐주세요! 이 먼데이 거기서 보살피게. 아이들 정서 함양에 도움이 될 것 같아요! 교장 선생님께는 내가 말씀을 올릴게요."

은비는 너무 기뻐서 고함을 지를 뻔했다. 일이 이렇게 풀리리라고는 꿈에서도 생각지 못했었다. 전화위복이라더니 기적이나 다름없었다. 좀 더 일찍 말할 걸! 그동안 머리카락이 한 움큼씩 빠질 정도로 고민을 했던 게 후회스럽다 못해 억울하기조차 했다.

"감사합니다, 교감 선생님! 감사합니다!"

교감 선생님한테 감사하다며 수십 번도 더 머리를 숙이고서 학교를 나섰다. 먼데이의 먹이와 배설물을 치우는 일은 자기가 책임을 지겠다고 약속했다. 시골이라 밭이 많으니까 버려진 배 춧잎이나 무청 등을 어렵지 않게 얻을 수 있을 것이었다. 산열 매나 상처 난 과일 등도 좋은 먹이가 될 터였다. 먼저 털보 아저 씨에게 전화를 걸어 먼데이를 보살펴줄 장소를 학교에서 마련 해주었다고 전했다. 아저씨는 아주 잘됐다며 매우 기뻐했다. 그 러고 나서 진석이하고 통화를 해 어디쯤 가고 있는지 물었다.

"진석아, 너 어디쯤 가고 있니? 거기서 기다려! 뉴스야, 빅 뉴 스!"

아주 큰 빅 뉴스, 굿 뉴스를 알려준다고 그 지점에서 기다리 라고 한 뒤 부지런히 걸었다. 발걸음이 가벼워 하늘로 날아오 를 것만 같았다. 공중에 둥실둥실 떠가는 기분이었다. 꽉 막혀 서 도저히 풀릴 것 같지 않던 일이 이렇게 스르르 풀리는 경우 도 있구나! 머리를 싸매고 죽어라 고민한다고 일이 해결되는 게 아니구나! 대단한 진리라도 발견한 듯 은비는 가슴이 벅찼 다. 너무 신이 나 입에서 휘파람 소리가 다 나왔다. 농로 주위의 논, 밭, 산들이 다른 날보다 더욱 예뻐 보였다. 아름다운 농촌이 었다. 공기도 맑고 상쾌해 배가 터지도록 숨을 들이쉬었다.

진석이 자전거 뒤에 타고 참새처럼 재잘재잘 떠들면서 마을 에 도착했다. 먼데이 먹이는 아침에 학교 갈 때 비닐봉지에 한

두 봉지씩 가져가서 주고, 사육장 청소는 수업 마치고 저녁에 한 번씩 하기로 합의를 보았다. 이제부터 모든 게 다 잘될 것 같아 흥이 났다. 저절로 어깨가 들썩거렸다.

진석이와 헤어져 싱글벙글하며 집 마당으로 들어갔다. 아빠 엄마가 마루에 앉아 있었다. 무슨 일인지 이장 아저씨와 김 씨 할아버지도 와 있었다. 동생이 안방에서 내다보고 입에 손가락을 대보였다. 아무 말도 하지 말라는 의미였다. 어른들의 표정으로 보니 한바탕 싸운 모양이었다. 심각한 표정들이었다. 머리를 숙여 인사를 했으나 아무도 받지 않았다. 받기는커녕 따가운 눈총을 쏘았다. 특히 엄마와 김 씨 할아버지의 눈빛이 날카로웠다. 아빠하고 이장 아저씨는 그나마 조금 순한 눈빛이었다. 어른들의 눈치를 살피며 얼른 윗방으로 들어갔다.

"좋은 말 할 때 얼렁 줘! 이제 더는 못 기다려. 노인을 놀려도 분수가 있어야지! 이장, 안 그런가?"

"그, 그렇지요!"

"어르신, 며칠만 더 기다려주세요. 이제 곧 잡힐 겁니다."

아버지가 사정을 했다. 거의 애원조의 목소리였다. 엄마도 거들었다. 한두 번도 아니고 거의 매일 찾아오는 김 씨 할아버지에게 학을 뗀 표정이었다.

"우리 밭 위쪽에다 서너 개 놓았어요. 내일이나 모래쯤엔 틀림없이 잡힐 거예요."

"그쪽 산엔 어쩌다 산토끼나 잡힌다구! 그것도 짐승 길목에 놓아야 되는 거야. 아무 데나 놓는다구 잡히면 동네 애들도 다 잡게. 내가 볼 때, 자네가 그냥 위약금 내드리는 게 좋겠어!"

이장 아저씨는 은근슬쩍 김 씨 할아버지 편을 들었다. 사전에 둘이 짬짜미를 하고 온 냄새가 짙었다. 그것도 눈치 못 챈 아빠는 이장 아저씨가 자신을 도와줄 거라 철석같이 믿고 있는 표정이었다. 순진한 면이 남아 있는 아빠였다.

"산토끼라도 잡히면 제가 갖다 드릴게요."

"내가 언제 산토끼 달라고 했어? 똑같은 걸로 달란 말여, 똑같은 걸로! 그깟 산토끼 열 마리 백 마리 줘도 싫으니께!"

김 씨 할아버지가 역정을 내며 소리를 버럭 질렀다. 결국 한참을 옥신각신하다가 딱 이틀만 더 기다려준다는 말을 남기고 김 씨 할아버지와 이장 아저씨가 가버렸다. 화살이 곧장 은비에게로 날아들었다. 아빠 인상이 사흘 굶은 도사견보다 더 일그러졌다.

"저 기집애 때문에 생돈을 물어주게 생겼으니. 에잉!"

"그러게 말이에요. 어디 가서 벌어와도 시원찮은데, 속상해 미치겠네, 증말!"

아빠가 고라니 새끼를 잡으려고 고구마 밭 위쪽 산에 올가미를 놓은 게 틀림없었다. 그래놓고 고라니가 잡히기를 눈 빠지게 기다리는 것이었다. 내일 올라가서 찾아내 없애기로 마음먹었다.

은비는 저녁밥을 먹는 내내 온갖 욕을 다 들었다. 화가 났다. 얼굴을 잔뜩 찡그려 우거지상을 지었다. 밥을 꼭꼭 으깨 씹고 콧김을 씩씩 내뿜었다. 동생 은혁이가 재미있다고 킬킬 웃었다. 뺨을 한번 후려갈기고 싶은 심정을 억지로 눌렀다. 숟가락을 힘껏 쥐고 밥그릇이 깨어져라 박박 긁어먹었다. 그러고서 먼저 일어났다. 마루로 나가 신발을 신고 성큼성큼 헛간으로 향했다. 한옆에 은혁이 자전거가 세워져 있었다. 자전거를 발로 뻥뻥 걷어찼다. 몇 번을 걷어차도 화가 풀리지 않았다. 못을 주워 앞바퀴 뒷바퀴를 다 펑크를 내놓았다. 바람 빠지는 소리가 시원하게 들렸다.

며칠 후, 새 보금자리를 얻게 된 먼데이의 우리를 청소해주고 먹이를 준 다음 집으로 돌아가다가 비를 만났다. 막 이담 저수지 위 농로로 들어서서 백양교까지 갔을 때였다. 백양교는 저수지 안으로 물이 유입되는 개천에 놓인 조그마한 시멘트 다리였다. 길이가 10미터도 되지 않는 낡은 다리로 폭도 좁아 경운기 한 대가 겨우 통과할 정도였다.

"비다, 비! 진석아, 더 빨리 달려!"

그러나 자전거는 속력이 나지 않았다. 약간 경사가 진 길인데다가 학교에서부터 은비를 태우고 오느라 진석이의 다리 힘이 다 빠졌기 때문이었다. 빗방울이 점점 커졌다. 바람도 불었다. 가을비치고는 꽤 많이 내릴 것 같았다.

"안 되겠다. 저기 저 나무 밑으로 들어가서 피하자! 오늘 흐린다고만 했는데."

30여 미터 전방, 농로에서 저수지 쪽으로 조금 떨어진 곳에 큰 나무가 한 그루 보였다. 주변에 비를 피할 곳이라고는 거기밖에 없었다. 이미 추수를 모두 끝낸 상태라 밭들이 텅텅 비어 허허벌판이었다. 그래서 나무가 우뚝 솟아 보였다. 진석이가 밭둑에 서 있는 나무 밑으로 들어가 자전거를 세웠다. 굵기가 두 아름이나 되는 제법 큰 소나무였다. 하지만 키는 크지 않고 가지가 옆으로 넓게 퍼져 원두막 지붕 모양이었다. 소나무 둘레에 돌을 쌓아 경계를 해놓았고 허리에는 오색 천도 매어져 있었다. 수령이 3백 년 정도 된 일명 백양리 소나무로, 이담 저수지 물을 농업용수로 쓰는 백양리, 이담리, 구월리 주민대표들이 일 년에 한차례 모여 저수지 용왕님한테 제를 지내는 곳이었다. 그 때문에 소나무 밑에는 화강암을 네모나게 깎아 만든 제단이 마련되어 있었다. 은비와 진석이는 그 제단에 나란히 앉았다. 지대가 높은 곳이라 동그란 모양의 이담 저수지가 한눈에 내려다보였다.

"오늘은 1학년들이 많이 와서 먼데이에게 먹이도 주고 그랬어!"

"1학년? 1학년들은 호기심 때문에 잠시 오는 걸 거야. 2학년 몇 명은 거의 매일 오던데. 아무튼 아이들이 앞으로 꾸준히 먼데이를 좋아해줬으면 좋겠다."

먼데이를 학교로 옮기자 금세 소문이 퍼졌다. 이틀 만에 학교 아이들 전체가 다 알아버려 점심시간에는 수십 명씩 몰려와 구경을 하곤 했다. 방과 후에 들러 한참씩 살펴보다가 가는 아이들도 많았다. 먼데이! 먼데이! 부르면서 먹이를 주거나 가까이 다가가 요리조리 관찰을 하기도 했다. 학생들뿐만 아니라 선생님들도 더러 와서 아이들과 함께 지켜보았다. 세 다리로 간신히 서 있는 먼데이의 모습을 불쌍해하기도 하고 신기해하기도 했다. 물론 관심이 없는 아이들도 꽤 있었다.

"내가 우리 고구마 밭에서 새끼고구마 주워다가 준 거, 오늘 보니까 다 먹었어!"

지난 일요일 오후에 은비는 뒷동산 땅콩 밭 옆의 고구마 밭으로 갔다. 비닐봉투를 하나 가지고 가서 버려진 자잘한 고구마를 주워 담았다. 막대기로 밭을 파헤치며 한 개도 남김없이 주워 담았더니 반 봉투가 넘었다. 고구마 봉투를 밭머리에 놓은 은비는 땅콩 밭을 지나 산으로 올라갔다. 허리를 굽히고 아빠가 설치해놓았다는 올가미를 찾기 시작했다. 두 시간이 다 되도록 이리저리 찾아 헤맨 끝에 두 개를 찾아내 제거했으나 나머지 두 개는 찾지 못했다. 이번 일요일에 다시 올라가서 마저 찾아낼 계획이었다.

바람이 점차 잦아들었다. 하지만 비는 좀체 그칠 기미를 보이지 않았다. 커다란 소나무라고 해도 비를 완전히 가려주지는 못했다. 빗방울이 계속 머리와 어깨로 떨어져 내렸다. 머리와 어깨가 이내 축축이 젖어버렸다.

"참, 누나! 어느 고등학교 갈지 정했어? 상택이 형은 증평정 보고 간대!"

진석이가 약간 어두운 표정으로 물었다. 왜 그런지 시무룩했다. 고민거리가 있는 게 분명해 보였다.

"우리 반에 증평정보고 간다는 애들 몇 명 있더라. 그런데 나는 아직 못 정했어!"

2학기에 들어서자 반 아이들은 대부분 진학할 고등학교를 결정해놓고 있었다. 담임이 지정해준 곳이나, 부모님이 정해준 학교로, 또는 친한 친구가 간다는 데로 쉽게 결정을 한 것이었다.

은비는 어제 집에서 슬쩍 운을 떼어보았다. 그러나 예상대로였다. 엄마는 가까운 곳으로 가라고 딱 잘라 말했다. 집에서 통학할 수 있는 읍내 괴산고등학교를 가라는 것이었다. 아빠도 다른 생각 품지 말고 집에서 다니라고 거듭 말했다. 그러면서 이장 아저씨 막내딸 얘기를 슬쩍 비쳤다. 타지로 나가면 애를 버린다는 말이었다. 하지만 은비는 이제 어린애도 아니고 클 만큼 컸는데, 고등학교만큼은 자기가 선택하고 싶었다.

"나는 충주나 청주 쪽으로 알아보고 있어! 기숙사가 있는 학교."

"으응! 그렇구나. 저, 이상택 형, 나랑 초등학교 때 씨름 같이 했었어! 누나, 그 형 잘 알아?"

잘 아느냐니? 물음의 의도를 몰라 진석이의 얼굴을 물끄러미 바라보았다. 눈빛이 평소와 조금 달라보였다. 심각한 눈빛이었다. 무슨 일이 있는 게 확실했다.

"2학년 때 같은 반이었으니까, 그냥 얼굴만 아는 거지 뭐!"

무슨 다른 할 말이 있는 건지 진석이가 자꾸 머뭇머뭇했다. 고개를 들어 소나무 가지를 바라보는가 하면 헛기침을 쿵쿵해 대며 딴전을 피웠다. 꽤 한참이나 그러다 혼잣말로 중얼거렸다.

"그 형이 누나 좋아하나 봐. 오늘, 누나 전화번호 좀 알려달라고 그랬어. 저번 고추 축제 때 누나랑 나랑 함께 있는 거 봤대!"

힘이 많이 빠진 목소리였다. 운동화에 떨어지는 빗방울만 내려다보며 다음 말을 잇지 않았다. 삐친 얼굴이었다. 곰처럼 과묵하고 속내를 잘 드러내지 않는 '돌부처' 진석이가 삐치는 건 매우 드문 일이었다.

"걔가 내 번호를 왜 알려달래? 그냥 농담으로 그런 거겠지!"

지난 6월, 휴대폰을 새것으로 교체할 때 중간번호를 바꿨더니 알고 싶은 모양이었다. 이상택은 백양리에 사는 지은이와 오창리에 사는 연주에게 집요하게 치근덕거리던 녀석이었다. 악성 스토커였다. 여학생들 사이에서는 질이 나쁘다고 벌써부터 소문이 파다했었다. 그뿐 아니라 온갖 못된 짓을 다 하는데도 별다른 벌을 받지도 않고 미꾸라지처럼 쏙쏙 빠져나갔다.

"아니야. 정말이야. 나한테 은근히 협박도 했어! 누나랑 가깝게 지내지 말라고."

이상택은 덩치도 크고 힘도 세 학교에서 일짱으로 통했다. 씨름선수 출신이라 감히 맞서는 아이가 없었다. 선생님들도 은근히 그 아이를 꺼려했다. 엄마가 보건지소 앞에서 가든 식당을 하는데 집이 꽤 부자였다. 거기에 아버지는 단위농협의 전무였다. 이 마을 저 마을 농민들이 농자금 대출을 받으려고 그 아이네 집에 자주 드나들었다. 고급 선물을 한아름씩 사들고서였다.

"별꼴이네! 그래서 알려줬어?"

"아니. 모른다고 했어! 그랬더니 내 배를 한 대 치고서 내일까지 꼭 알아오랬어."

걱정이 많이 되는 모양이었다. 진석이의 표정이 더욱 어두워졌다. 이따금 한숨도 내뿜었다.

"남자 놈이 직접 말하지 못하고 쫌스럽게. 알려줘봐! 뭐라고 그러나 좀 보게."

진석이가 고개를 가로저었다. 한두 번도 아니고 여러 번을 가로저어 싫다는 걸 강조했다. 상택이가 가만히 있지 않을 텐데! 진석이가 그 애한테 맞을까 봐 은근히 걱정스러웠다.

　무슨 생각을 하는 건지 진석이는 입을 꾹 다물고 아무 말도 하지 않았다. 굳은 얼굴로 저수지만 바라보았다. 빗방울이 머리에 연속해서 떨어져 이마를 타고 흘렀으나 닦을 생각을 하지 않았다. 한참이나 비석처럼 부동자세로 있다가 대뜸,

　"누나, 멀리 가지 마! 그냥 가까운 고등학교 가!"

엄마 아빠와 똑같은 소리를 했다. 은비는 대체 왜 그런 말을 하는지 이해가 되지 않아 진석이를 멀뚱멀뚱 쳐다보았다. 머리카락을 타고 흘러내리는 빗방울이 투명하니 예뻤다. 그 빗방울 두세 개가 턱 끝에 매달렸다가 떨어졌을 때 넌지시 물었다.

　"왜 그런 말을 하니? 내가 여기 있기 싫어한다는 거 뻔히 알면서. 이제 감옥 같은 집을 좀 떠나보고 싶단 말이야."

　"나……."

　진석이는 뒷말을 잇지 못했다. 답답한 마음에 다시 물었다. 그러자 진석이가 뒤통수를 긁으며 머뭇머뭇 대답했다.

　"나, 누나, 조, 좋아해! 같이, 있고 싶어!"

진석이의 목소리가 약하게 떨렸고 얼굴이 새빨갛게 변했다. 은비는 쇠망치로 얻어맞은 듯한 충격을 가슴에 느꼈다. 그동안 아무 스스럼없이 같은 동네, 같은 학교의 선배와 후배로 지내왔는데, 그 말을 듣고 나니 쑥스럽고 어색했다. 뭐라고 대꾸할

말이 생각나지 않았다. 솔직히 나는 너를 좋아하지 않아! 라고 말 할 수도 없고. 물론 진석이를 싫어하는 건 아니지만, 그래도 여태껏 남자로 여긴 적이 없기에 얼떨떨했다. 마치 도깨비한테 홀린 기분이었다.

들판에 떨어지는 빗소리를 들으며 오랫동안 묵묵히 있었다. 진석이도 다음 말을 잇지 않고 계속 침묵을 지켰다. 좋아한다는 고백에 대한 은비의 대답을 기다리는 것이었다. 어색한 침묵이 흐르는 가운데 먼 하늘에서 번갯불이 번쩍였다. 퍼런 불빛이 갈래갈래 찢겨서 여러 방향으로 번져나갔다. 번개 불빛에 너른 들판이 훤히 밝아졌다가 다시 흐려졌다. 그리고 곧 귀청을 때리는 천둥소리가 하늘을 흔들었다. 그 소리가 사라지자 은비는 가만히 고개를 돌렸다. 고백을 들어서인지 저수지에 시선을 둔 진석이의 옆모습이 평소와 다르게 보였다. 거뭇거뭇하게 돋아난 콧수염과 살짝 튀어나온 목 울대뼈에서 묘한 남성미가 느껴졌다. 그동안은 소 닭 보듯 아무런 감정도 없었는데, 얼굴이 빨개지고 가슴이 뛰었다. 마른침을 꿀꺽 삼켜 뛰는 가슴을 달랬다.

그때였다. 진석이가 살며시 고개를 돌렸다. 그 순간 둘의 눈길이 딱 마주쳤다. 번쩍하고 짧은 눈번개가 쳤다. 누가 먼저랄 것도 없이 서로의 눈동자를 보며 상대를 향해 얼굴을 가까이 이동시켰다. 강력한 자석에 이끌리듯 자신들도 몰래 조금씩 조금씩 움직여갔다. 진석이의 숨결이 입가에 느껴지자 은비는 스르르 눈이 감겼다. 곧 은비의 입술에 진석의 입술이 살짝 닿았다. 번갯불에 맞은 것처럼 찌릿한 전기가 온몸을 휘돌았다. 한 줄기 바람이 머리카락을 흔들자 은비는 얼른 정신을 차리고 고개를 돌렸다. 단 1초 동안의 입맞춤! 참숯불에 덴 듯 얼굴이 화끈거렸다. 아까보다 더 쑥스럽고 더 어색한 침묵이 한참이나 이어졌다.

나 참! 이게 뭐야? 한동네 아래윗집에서. 갑돌이 갑순이도 아니고! 은비는 입맛을 쩝쩝 다시다가 흘러내린 머리카락을 손가락으로 넘기고 시선을 저수지로 옮겼다. 저수지 물 표면에는 작은 동그라미들이 수도 없이 만들어지고 있었다. 빗방울이 떨어져 만든 동그라미들은 제 몸집을 키워나가다가 어느 순간 흔적도 없이 사라져버렸다. 그러나 곧 또다시 다른 동그라미들이 생겨나고 사라지고를 반복했다. 은비의 가슴에도 작은 동그라미가 생겨 동심원을 그리며 커져갔다. 그 사이 빗물에 온몸이 흠뻑 젖은 두 사람은 물귀신 꼴이 되고 말았다. 하지만 아무도 먼저 입을 열지 않았고 먼저 일어나지도 않았다. 빗방울은 점점 더 굵어지고 바람 또한 다시 거세졌다. 이름 모를 흰 새한 쌍이 저수지 상공을 가로질러 달천 쪽으로 날아갔다. 비에 젖은 날갯짓이 몹시 무거워 보였다.

소쩍새 우는 밤길

눈을 떠보니 한낮이었다. 어젯밤에 집에 돌아오자마자 세상 모르고 곯아떨어진 것이었다. 어제 오전에 충주에 갔다가 오후에 괴산으로 와서 학교에 들렀던 시간이 세 시 무렵이었다. 학교에서 먼데이에게 먹이를 주고 사육장 청소를 해놓고 집에 돌아오니 저녁 여섯 시가 넘어 있었다. 엄마가 토요일인데 집안일도 안 돕고 하루 종일 어디를 쏘다니다 오느냐고 호통을 쳤으나 아무 대꾸도 하지 않았다. 씻지도 못하고 윗방으로 들어가 그대로 쓰러져 잠이 들어버렸다.

"그럼 내가 대체 몇 시간을 잔 거야? 열한 시간? 열두 시간?"

아무리 피로가 많이 쌓였다고 해도 사람이 그렇게 긴 시간을 잘 수 있는지. 놀라웠다. 깊은 수렁에 빠져 아래로 아래로 잠겨들었던 잠. 허우적대는 그 잠 속에서 무슨 꿈인가를 꾼 것 같은데, 아무것도 기억나지 않았다. 머릿속이 텅텅 비어 바람만 가득 찬 고무풍선 같았다.

지난주는 너무도 슬프고, 무섭고, 힘들었던 한 주였다. 충주 병원을 갔다왔다 하느라 몸이 파김치가 되었다. 커다란 바위에 온몸이 오래 눌려 있다가 가까스로 벗어난 것처럼 목, 어깨, 옆구리, 팔, 다리가 시큰시큰 저렸다. 진석이와 함께 충주에 있는 큰 병원을 이틀에 한 번씩 갔다 왔었다. 털보 아저씨는 혼수상태에서 사흘 만에 깨어났다. 하지만 이집트 미라처럼 전신이 붕대로 칭칭 감겨 말도 못하고 움직이지도 못했다. 음식도 먹지 못했다. 심각한 중태라 앞으로 여러 차례 수술을 하고 조용히 경과를 지켜봐야 한다는 게 의사의 말이었다. 사망할 수도 있고 1, 2년 장기 입원을 할 수도 있다는 것이었다.

혼자서 사랑산 계곡으로 밀렵 단속에 나섰다가 외지에서 온 전문 밀렵꾼들과 싸움이 붙어 낭떠러지로 밀려 떨어진 사건 때문이었다. 다음 날 아침에 그 지역 농민이 발견해서 119에 신고, 구급헬기가 날아와 곧장 충주 종합병원으로 이송되어 그나마 목숨을 부지할 수 있었다. 경찰이 병원으로 몇 번 찾아왔으나 아저씨가 진술을 할 몸 상태가 아니라서 그냥 돌아가고 말았다.

"이제 그만 일어나자!"

은비는 이불을 걷어차고 일어났다. 온몸이 가려웠다. 밥을 먹는 것보다 목욕부터 해야 할 것 같았다. 목욕을 한 지 일주일이 넘었다. 수건과 갈아입을 옷을 들고 마루로 나섰다. 집이 쥐죽은 듯 조용했다. 그러고 보니 아까 아침에 엄마가 방문을 열고서 뭐라뭐라 소리친 것도 같았다. 잠결에 들었지만 논이니 추수니 하는 말들이 토막토막 떠올랐다. 밭작물은 이미 가을걷이가 끝났으니까, 달천 옆에 있는 논에 추수를 하러 나간 게 틀림없었다. 거기 함께 가서 일 좀 거들라고 깨웠던 모양이었다. 일어나자마자 논으로 오라는 말도 들은 것 같았다.

"가볼까? 안 가면 또 저녁에 욕을 한 가마니나 얻어먹을 텐데. 갔다 와서 목욕을 할까?"

그러나 가기 싫었다. 가지 않기로 했다. 수건을 들고 몇 년 전에 아버지가 엉성하게 만들어놓은 간이욕실로 들어갔다. 벽에 걸린 순간온수기의 스위치를 켜고 옷을 다 벗었다. 그리고 욕조 속에 앉았다. 따뜻한 물이 발목, 무릎, 배, 가슴, 목까지 서서히 차올랐다. 뿌연 수증기가 욕실에 가득 차 마치 구름 속에 앉아 있는 듯한 기분이었다. 물의 온기에 피로가 풀려 모두 증발되는 느낌이었다. 따스하니 편하고 좋았다. 머리를 뒤로 젖히고 눈을 감았다.

"나쁜 놈들! 사람을 어떻게 낭떠러지로……. 그건 살인이나 마찬가지잖아?"

밀렵을 말린다고 사람을 죽이려고 하다니. 너무 기가 막혀서 말이 안 나왔다.

은비는 목욕을 마치고 거울 앞에 섰다. 거울 표면에 서린 수증기를 닦아내자 발가벗은 전신이 고스란히 비쳐졌다.

"키는 안 크고 가슴하고 엉덩이만 더 커졌네!"

자신의 몸매를 잠시 살핀 후 거울로 바짝 다가갔다. 뽀얀 얼굴 하나가 보름달처럼 둥실 떠올랐다. 아무리 뜯어봐도 그다지 예쁜 얼굴이 아니었다. 이마는 넓고 눈은 작고 코끝이 살짝 들려 콧구멍이 너무 많이 보였다. 얼굴형과 입은 그런 대로 괜찮았으나 마음에 썩 들지는 않았다. 모두 엄마 아빠의 나쁜 점만 물려받아 전체적으로 조화가 되지 못했다. 너는 이름은 예뻐! 학교 아이들이 종종 하는 그 말을 인정하지 않을 수가 없었다. 앞머리를 내려 이마를 좀 가리고 눈을 약간 크게 떴다. 그리고 턱을 조금 내려 콧구멍이 덜 보이도록 했다. 그랬더니 또 괜찮게 생긴 얼굴이었다.

"여기에 키만 조금 더 크면 미스코리아도 나갈 텐데, 씨!"

키에 대한 불만을 내뱉었더니, 지난번 고추 축제에서 보았던 왜소증의 각설이 자매가 떠올랐다.

"그래! 그 언니들처럼 기죽지 말고 당당하게 사는 거야! 조은비 파이팅!"

옷을 입는 중에 문 밖에서 인기척이 났다. 논에 갔던 동생이 엄마 심부름을 온 모양이었다. 하지만 느낌이 이상해 문틈으로 밖을 보았다. 동생이 아니었다. 저런 엉큼스러운 놈을 그냥! 서둘러 옷을 입고 문을 벌컥 열어젖혔다. 동시에 소리를 꽥 질렀다.

"너 뭐야? 언제부터 여기 서 있었어?"

"얼마 안 돼! 아무리 불러도 대답이 없어서 나올 때까지 기다린 거야."

지난 일주일을 회상하느라, 그리고 목욕하는 물소리 때문에 듣지 못한 것 같았다. 눈을 부릅뜨고 다그쳐 물었다.

"그럼 나 목욕하는 거 다 봤어?"

"안 봤어. 그냥 여기 서 있었어!"

밖에서도 안이 흐릿하게 보이는 반투명 유리창이었다. 문틈이 넓어 마음만 먹으면 쉽게 안을 들여다볼 수도 있었다. 하지만 진석이는 그럴 애가 아니기에 믿기로 했다. 생각해보니 동생 은혁이가 오히려 그런 짓을 할 가능성이 높았다.

"할 말 있으면 전화를 하지!"

"전화도 안 받았잖아! 몇 번이나 했는데."

"그래? 그런데 왜 온 거야?"

"큰일 났어, 누나!"

큰일 났다는 말을 듣자 은비는 털보 아저씨가 끝내 죽었다고 직감했다. 앞이 캄캄해지고 정신이 몽롱해졌다. 그동안 너무 많이 울어 눈물은 나오지도 않았다. 사람이 그렇게 허무하게 죽는 수도 있구나! 텔레비전 연속극에서나 나올 법한 어이없는 죽음이 정말 있구나! 멍한 표정으로 하늘을 올려다보았다. 멀리 하늘 한구석으로 털보 아저씨가 멀어져가고 있었다. 착한 아저씨였는데! 꺼억! 꺼억! 목이 메었다.

"빨리 학교에 가봐야 돼!"

"응? 학교? 학교엘 왜?"

블라우스 단추를 마저 채우면서 물었다. 털보 아저씨가 돌아가셨는데, 엉뚱하게 학교는 왜 가느냐는 표정을 짓고 진석이를 물끄러미 바라보았다.

"먼데이가 사육장에서 나와 막 돌아다닌데!"

"먼데이가? 누가 그래?"

"아까 내 친구한테 전화 왔었어. 먼데이가 나와서 이리저리 돌아다닌다고. 그리고 아이들이 뭐를 어쩐다고 그랬는데 잘 못 들었어! 전화를 얼른 끊더라고."

털보 아저씨가 아니라 먼데이였구나! 다행이었다. 안도의 한숨을 길게 내뿜었다. 그러나 예감이 좋지 않았다. 누가 사육장 문을 열어서 나온 것 같았다. 그런데 세 발로 어딜 돌아다닌다는 건지 의아했다. 서 있기도 힘든데 돌아다니다니? 별꼴이 반쪽이었다.

"얼른 가보자, 얼른!"

입은 옷 그대로 대문을 나섰다. 주홍색의 헐렁한 블라우스와 진갈색 추리닝 바지 차림에 슬리퍼를 신은 채였다. 진석이 자전거 뒤에 앉아서 한손으로 진석이 허리를 가볍게 잡았다. 이담 저수지 언덕 소나무 밑에서의 1초 키스 후 얼굴을 대하기가 서먹서먹해 그동안 진석이 자전거 뒤에 타지 않았었다. 하지만 다급한 일이라니 안 탈 수가 없었다. 느티나무를 지나 까치고갯길로 가는 도중에 집으로 오는 동생을 만났다. 달천 쪽 길에서 막 마을길로 들어서고 있었다. 동생 은혁이가 눈을 동그랗게 뜨고 물었다.

"어디 가, 누나? 엄마가 오라는데."

"학교에 급한 일이 있어!"

"오늘 일요일인데?"

"그래도 있어! 신경 꺼!"

톡 쏘아붙이고 은석이의 옆구리를 툭 쳤다. 진석이가 힘껏 페달을 밟았다.

학교까지는 완만한 경사 길인데도 한달음에 달려갔다. 진석이의 몸이 땀으로 흠뻑 젖었다. 광전 사거리에서 좌회전을 해 2백 미터를 더 올라 우측으로 꺾어들었다. 이제 안민천 개울에 가로놓인 짤막한 광전교만 건너면 곧바로 학교 교문이었다. 학교 운동장에 대여섯 명의 아이들이 공놀이를 하는 모습이 보였다. 하지만 학교까지 갈 필요가 없었다.

"어? 저기 위쪽이야."

은비는 좌측의 안민천 둑방길을 가리켰다. 둑방길 저 위에 예닐곱 명의 아이들과 함께 있는 먼데이가 보였다. 먼데이가 아이들에게 끌려 다니며 수난을 당하고 있었다. 눈이 뒤집어지고 피가 거꾸로 솟구쳤다. 먼데이를 괴롭히는 녀석들이 기어코 등장한 것이었다. 미리 대비를 했어야 했는데, 그렇게 못한 자신의 불찰이 몹시 후회스러웠다.

"아니, 저 새끼들이!"

욕설을 내뱉은 진석이가 더 빨리 페달을 밟았다. 그러나 자갈이 많은 좁은 길이라 속도가 나질 않았다. 은비는 자전거에서 뛰어내렸다. 그리고 먼데이를 향해 달렸다. 진석이도 자전거를 놓고 은비 뒤를 따랐다. 진석이는 곧 은비를 따라잡고 저만치 앞서 달렸다. 10여 미터 앞서가던 진석이가 갑자기 멈춰서더니 더 이상 움직이지 않았다. 그냥 한자리에 장승처럼 서서 아이들을 바라보기만 했다. 은비는 의아하게 생각하며 진석이 옆으로 가 섰다. 그제야 진석이가 왜 그렇게 움직이지 않고 서 있는지 알았다.

"어? 저, 저……!"

이상택이었다. 3학년 2반 이상택이 아이들 가운데 있었다. 그리고 그가 먼데이의 목에 줄넘기 줄을 감아 묶고 둑방 경사면으로 거칠게 끌어내리고 있었다. 1학기 중반 경 인터넷 동영상에 널리 퍼졌던 동물 학대 장면을 흉내 내는 것이었다. 실제로 몇 아이는 휴대폰으로 동영상 촬영을 하고 있었다. 먼데이는 몹시 괴로워하며 절룩절룩 끌려다녔다. 두세 걸음 가다 넘어지면 다시 일으켜 세워 끌고, 또 넘어지면 또 다시 일으켜 세워 끌고를 반복했다. 그 모습을 보고 아이들이 낄낄낄 웃었다. 발로 뒷다리를 세게 걷어차는 아이도 있었다. 학교 주변 마을인 광전리와 오성리에 사는 아이들로 초등학생도 여러 명 끼어 있었다.

"야! 그거 못 놔!"

은비는 아이들을 헤집고 들어가서 소리쳤다. 이상택이 쳐다보고 히죽 웃었다. 비웃는 웃음이었다. 그리고 달려올 줄 알았다는 표정을 지었다. 표정으로 보아 자기 똘마니를 시켜서 진석이에게 전화를 한 게 틀림없었다. 저번 괴산 고추 축제의 부대행사로 열린 씨름왕 선발대회에서 중등부 준우승을 차지한 이후 이상택은 더욱 기고만장해졌고 안하무인이었다. 내놓고 그를 따르는 아이들도 배나 늘어 스무 명 가까이나 되었다.

"너, 그거 못 놓을래?"

은비는 다시 한 번 소리쳤다.

"못 놓는다면?"

은비가 다가가 줄넘기 줄을 잡았다. 이상택이 은비의 손목을 비틀었다. 은비가 비명을 질렀다. 그러다 결국 아픔을 참지 못하고 줄을 놓아버렸다.

"뺏을 수 있으면 어디 한 번 뺏어봐! 그러면 내가 그냥 돌려
줄 수도 있어!"

그 말을 마친 이상택이 먼데이를 둑 밑으로 힘껏 잡아끌었다.
그 바람에 먼데이가 옆으로 넘어져 질질 끌려갔다. 숨이 막혀
혀를 길게 내밀고 버둥거렸다. 은비는 얼른 달려들어 다시 줄
을 잡았다가 금세 놓았다. 이상택과 줄을 잡고 서로 당기면 오
히려 먼데이의 목을 함께 조르는 꼴이 되어서였다.

먼데이를 둑방 밑 모래밭까지 끌고 간 이상택이 줄을 느슨
하게 하고서 큰소리로 웃었다.

"이 세 다리 붕신 죽었나 보다. 쩔뚝이가 움직이질 않네. 크
하하!"

뒤따라 내려온 아이들도 키득키득 웃었다. 은비에게 그 웃음소
리는 천둥소리보다도 더 크게 들렸다. 귀가 먹먹하고 정신이
아찔했다.

"놔줘, 이제!"

소리침과 동시에 이상택을 세게 밀쳤다. 하지만 덩치 큰 이상
택은 꿈쩍도 하지 않았다. 계란으로 바위치기였다.

이상택이 화가 난 표정으로 은비의 어깨를 툭툭 쳤다. 은비
가 뒤로 몇 걸음 밀려났다. 이상택이 바짝 다가오며 계속 어깨
를 쳤다. 재미있다는 듯 히죽히죽 웃으면서였다.

"너, 내가 보낸 문자 왜 씹어? 나를 무시하는 거야?"

어떻게 전화번호를 알아냈는지 지난 수, 목, 금요일 이상택에게서 문자가 세 통이나 왔었다.

- 나 상택이야. 좀 만나자!

- 너 나 몰라? 좀 만나자고.

- 오늘 수업 끝나고 여섯 시까지 별미분식으로 와!

하지만 답 문자를 보내지 않았다. 진석이에게도 말하지 않았다. 털보 아저씨 일로 경황이 없었고, 세 번이나 무시했으니 다시는 보내지 않겠지 생각하고 있었다.

"너, 나를 완전 생까고. 응? 왜 나를 개 무시하는 거냐고?"

이상택이 큰 목소리로 물으며 또 다시 은비의 어깨를 쳤다. 아까보다 훨씬 세게 친 것이었다. 그 바람에 은비가 뒤로 벌렁 넘어졌다.

그때, 둑길에 혼자 서서 지켜보고 있던 진석이가 느리게 모래밭으로 내려왔다. 이상택에게 주눅이 들어 여전히 기가 죽어 있는 얼굴이었다. 이상택이 그런 진석이를 보고 명령하듯 말했다.

"돌부처, 너 이 새끼! 선배를 우습게 알고. 요즘 겁대가리를 완전 상실했어. 이리 가까이 와!"

주저주저하며 다가간 진석이의 배를 이상택이 주먹으로 힘껏 내질렀다. 진석이가 배를 움켜잡고 허리를 꺾었다. 그러나 곧 바르게 펴서 이상택을 노려보았다.

"어쭈! 나한테 맞먹겠다는 거야? 눈깔 못 깔아?"

아이들이 진석이한테 우! 우! 야유를 보냈다.

"너, 이 새끼! 오늘 한번 뒈져볼래?"

진석이는 여전히 대답하지 않았다. 똑같은 자세로 서서 계속 이상택을 노려보았다.

"이게 정말 졸라 열 받게 하네!"

이상택의 주먹이 다시 진석이의 턱을 강타했다. 진석이의 턱이 오른쪽으로 한껏 틀어졌다가 제자리로 돌아왔다. 굳게 다문 입술 사이로 붉은 피가 흘러나왔다. 피는 곧 방울을 이뤄 모래 밭으로 뚝뚝 떨어졌다.

"야, 너 왜 진석이를 때리고 그래?"

은비가 일어나 진석이와 이상택 사이를 가로막았다.

이상택이 양쪽 입꼬리를 길쭉이 늘여 능글스레 웃은 뒤 빈 정댔다.

"이 돌부처 새끼를 보호해주겠다? 너네 그렇고 그런 사이라며? 요즘엔 둘이서 충주까지 가서 밤을 새우고 온다며? 어제도 갔다가 오는 걸 애들이 다 봤다더라."

면사무소 앞에서 충주로 나가는 시외버스를 타고 갔다가 오는 걸 광전리 아이들이 본 모양이었다. 보고서 이상택에게 말을 전한 게 틀림없었다.

"내가 얘랑 어딜 가든 네가 무슨 상관이야?"

"그래? 둘이서 절대 떨어질 수 없는 찰떡궁합이라 이거지?"

아이들이 또 우! 우! 야유를 보냈다.

"그래! 찰떡궁합이다. 어쩔래?"

또박또박 대답했다. 이상택의 눈에서 퍼런 불길이 솟았다. 시퍼렇게 불타는 눈으로 은비를 한참이나 노려보았다. 그러다 갑자기 은비를 세게 밀쳤다. 은비가 저만큼 나가 떨어졌다.

"진석이 너 이 새끼! 내가 은비랑 가까이 지내지 말라고 했지?"

그 말과 동시에 이상택은 진석이를 향해 힘껏 발길질을 가했다. 하지만 진석이를 맞추지 못했다. 진석이가 옆으로 잽싸게 피하며 이상택의 다리를 잡아챘기 때문이었다. 이상택의 다리 한쪽을 잡은 진석이는 제자리에서 맷돌을 돌리듯 빙글빙글 돌았다. 그러자 이상택은 한쪽 다리로 모래밭을 짚으며 연자방아처럼 따라 돌 수밖에 없었다. 점점 빠르게 이상택을 돌리던 진석이가 어느 한순간 잡은 다리를 놓아버렸다. 놓자마자 이상택은 원심력에 의해 3, 4미터 밖으로 나가 엎어지며 모래에 코를 박고 말았다.

벌떡 일어난 이상택이 무서운 표정으로 진석이에게 다가왔다. 하지만 빙빙 돌다가 엎어졌기에 평형감각이 무뎌져서 술 취한 사람처럼 비틀비틀했다.

"어쭈! 이 새끼 봐라! 너 오늘 나한테 죽는 날이다."

"어디 죽여 봐!"

"어허허! 이 새끼 이거⋯⋯."

"내가 니 새끼냐? 자꾸 새끼 새끼 하지 마, 새끼야! 지렁이도 밟으면 꿈틀한다는 말 몰라?"

이번에는 진석이가 먼저 공격을 했다. 이상택의 허리 벨트를 잡고 옆으로 넘어뜨리려고 힘을 썼다. 그러나 이상택이 팔꿈치로 진석이의 등을 찍는 바람에 실패하고 말았다. 등을 찍힌 진석이가 모래밭에 무릎을 꿇자 이상택이 위에서 누르면서 연속적으로 주먹질을 가했다. 아이들은 일방적으로 이상택을 응원했다. 전세가 진석이에게 불리했다. 먼데이의 목에 걸린 줄넘기 줄을 풀어주고 난 은비는 안타깝게 지켜보기만 할 뿐 어떻게 도와줄 방법이 없었다. 그저 속으로 힘내라는 말만 되풀이했다. 하지만 상황이 역전될 가망성은 전혀 없어보였다.

그런데 밑에 눌려 일방적으로 당하고 있던 진석이가 갑자기 고함을 내질렀다. 그와 동시에 허리를 빠르게 펴면서 위에서 누르고 있던 이상택을 등 뒤로 넘겨버렸다. 이상택은 꼼짝도 못하고 진석이의 등 뒤로 넘어가 모래밭에 쿵 떨어지고 말았다. 바로 씨름의 꽃이라는 자반뒤집기 기술에 당한 것이었다. 진석이는 틈을 주지 않고 재빠르게 이상택의 배 위에 올라탔다. 그리고는 오른쪽 주먹과 왼쪽 주먹으로 번갈아가며 이상택의 얼굴을 후려갈겼다. 이상택의 입에서 검붉은 핏덩어리가 튀어 나오고 코에서도 빨간 피가 줄줄 흘렀다. 눈두덩도 금세 부풀어 오르면서 시퍼렇게 변했다.

"진석아, 그만해!"

은비가 말리고 나서야 진석이의 주먹질이 멈췄다. 반항 한 번 제대로 못하고 뻗어버린 이상택의 얼굴은 피 칠갑을 한 두꺼비 형상이었다.

먼데이를 안고 학교로 향했다. 이상택의 충직한 똘마니 역할을 해왔던 두 명이 따라붙었다. 2학년과 3학년으로 그동안 이상택의 앞잡이가 되어 아이들을 괴롭혔던 자들이었다.

"진석아, 잘했어! 나는 마음속으로 네가 이기기를 바랐어. 정말이야!"

"나는 처음부터 저 이상택 새끼가 싫었는데, 어쩔 수 없이 따랐던 거야. 자기 부하가 되라고 협박을 얼마나 했는지 몰라."

둘이 차례로 변명과 핑계를 늘어놓았다.

"이 먼데이는 누가 꺼낸 거야?"

"상택이가 끌어내라고 그랬어! 운동장에서 공차기 하다가 소사 아저씨가 집에 가는 걸 보고서."

진석이의 물음에 3학년 아이가 모기 소리로 대답했다. 힐끔힐끔 은비의 눈치를 살피면서였다.

"야, 같이 가자!"

뒤에서 같이 가자는 소리가 들려 돌아보니 이상택을 따르던 다른 아이 한 명이 달려오고 있었다. 은비네 반 남자애로 저번에 교실에서 은비를 놀리는데 앞장섰던 바로 그 아이였다. 간사한 놈! 은비는 그 애를 노려보다 고개를 돌렸다. 마음대로라면 눈탱이에 주먹을 한 방 날리고 싶었으나 꾹 눌러 참았다. 어른이나 애들이나 힘 센 사람에게 빌붙어 알랑거리는 남자들의 비굴한 모습이 정말 싫었다.

먼데이를 우리 안에 넣고 한참 동안 등을 쓰다듬었으나, 겁에 잔뜩 질린 먼데이는 온몸을 바들바들 떨기만 했다. 그 모습이 너무 가엾고 미안해, 은비는 먼데이를 꼭 껴안고 볼을 비볐다.

"미안해, 아가야! 내가 지켜주지 못해서. 정말 미안해!"
눈물을 찔끔거리며 미안하다는 말을 수도 없이 반복했다.

"누나, 이제 가자. 깜깜해졌어!"
진석이가 아까부터 가자고 재촉을 해댔다. 따라왔던 다른 애들은 벌써 다 가고 없었다.

"언제까지 이러고 있을 거야?"

"응! 가야지!"
그러나 은비는 먼데이와 함께 밤을 새우고 싶었다.

"아니, 너희들 여기서 뭐하니? 여덟 시가 넘었는데."
숙직을 하러 온 소사 아저씨가 우리 안을 들여다보며 물었다.

"예, 저……."

진석이가 저녁 무렵에 있었던 일을 상세히 말해주었다.

"뭐어? 이상택 패거리들이? 미안하다. 내가 없는 사이에 그 놈들이 그런 못된 짓을 했구나."

"아저씨, 우리 먼데이를 잘 지켜주세요. 상택이 패거리들이 또 무슨 짓을 할지 몰라요."

은비는 소사 아저씨에게 몇 번이나 부탁을 했다.

"걱정 말고 집에 가! 내가 잘 보살필게."

몸을 돌렸으나 양쪽 다리에 돌덩이를 매단 듯 발걸음이 천근만 근이었다.

은비는 자전거 짐받이에 타고 진석이의 등에 이마를 기댄 채 계속 훌쩍거렸다. 학교를 벗어나 농로를 따라 내려가다 찻 길과 만나는 지점의 폐농가를 지나고, 이담 저수지에 도착할 때까지 훌쩍임을 멈추지 않았다. 이담 저수지에는 하늘의 별이 모두 떨어져내려 반딧불처럼 반짝거렸다. 백양리 고목 소나무 부근에 이르자 산속 어디선가 소쩍새 울음소리가 들려왔다. 여 름 철새인 소쩍새가 가을도 벌써 중반으로 접어들었는데 무슨 이유에선지 아직 떠나지 못한 모양이었다. 어쩌면 내일 떠난다 고 마지막 인사를 하는 건지도 몰랐다. 은비와 진석은 소쩍새 의 구슬픈 울음소리를 들으면서 묵묵히 까치고개를 올랐다.

사면초가

다음날, 은비는 점심을 먹고 나서 먼데이에게 들렀다가 교실로 가기로 했다. 사육장 안 한구석에 앉아 있는 먼데이는 겁먹은 눈을 끔뻑거리기만 할 뿐 움직임이 없었다. 손짓을 해도 다가오지 않았다. 아침에 가져다 준 먹이도 그대로 남아 있었다. 사람을 꺼리고 경계하는 표정이 역력했다.

"심리적 충격이 매우 컸던 게 분명해! 누나하고 나까지도 무서워하잖아?"

걱정스러웠다.

"이따 저녁 때 우유에다 설탕을 좀 타서 먹여야겠어!"

"그래야겠어, 누나! 내가 농협 마트에 가서 젖병하고 우유하고 설탕 사올게!"

교실로 가려는데 소사 아저씨가 다가왔다.

"어이구! 미안하다. 어제는 일요일이라 내가 일찍 집에 가는 바람에 그만……."

소사 아저씨가 또 미안하다고 말을 했으나 은비는 사실 기분이 좋지 않았다. 어제와는 달리 인사도 안 하고 슬쩍 한 번 쳐다보기만 했다. 소사 아저씨가 먼데이를 괴롭히기라도 한 것처럼 쌀쌀맞게 대했다. 그러지 말아야지 생각하면서도 잘 되지 않았다.

"오늘 철망 보수도 하고 문에다 자물쇠도 달려고 해. 애들이 함부로 들어가지 못하도록."

진석이가 고맙다며 고개를 꾸벅 숙였다. 하지만 은비는 가만히 있었다. 소 잃고 외양간 고치기네! 진작에 그렇게 좀 해주지! 속으로 투덜거리면서 교실로 향했다.

"누나, 소사 아저씨가 열쇠 하나 준댔어! 이제 안심해도 될 것 같아."

뒤따라온 진석이가 좋아했다. 입을 길쭉이 늘여 바보스런 웃음을 웃었다.

"좋아하긴 아직 일러. 상택이 패거리들이 무슨 짓을 할지 몰라!"

"걔네가 무슨 짓을 해?"

"그럼? 상택이 걔가 후배인 너한테 맞고 가만히 있겠니? 보복을 하지!"

"하라고 그래. 이젠 하나도 안 무서워!"

진석이는 아주 의기양양한 표정을 지었다. 자기가 전교 일짱인 이상택을 때려 눕혔다는 오만함이 눈빛에 서려 있었다. 전에는 못 보던 눈빛이었다. 게다가 자기가 상택이로부터 은비를 지켜 내고, 키스까지 나눴다는 자신감에 빠져 종종 과도한 몸동작으로 허세를 부렸다. 그러는 진석이가 은비는 은근히 부담이 되었다.

"선배가 선배다워야지! 초딩 때도 나 엄청 많이 맞았어. 주장이라고 후배들 재미삼아 막 때리고 별별 심부름 다 시키고. 이제는 나 절대 안 맞아! 그동안 맞을 만큼 맞고 참을 만큼 참았다고."

은비는 씩씩대며 걸어가는 진석이의 뒷모습을 근심스레 바라보다 자기 교실로 들어갔다.

먼데이 걱정에 수업 시간마다 지루했다. 마지막 수업이 끝나자 은비는 사육장으로 부리나케 뛰어갔다. 진석이가 우유, 설탕, 젖병을 사다놓고 기다리고 있었다. 우유에 설탕을 적당히 타서 물렸으나 먼데이는 조금 먹다가 그쳤다. 그리고 은비와 눈을 맞추지 않고 자꾸 피했다. 다시 물려봐도 젖꼭지를 겨우 서너 번 약하게 빨다가 그만두었다. 사람을 극도로 두려워하고 있는 것이었다. 어쩔 수 없이 우유를 그릇에 따라놓고서 사육장을 나왔다.

"밤에는 먹을지 몰라! 사람이 없으니까."

"그럴 거야. 그리고 내일 아침에는 벌떡 일어나서 우리를 맞이해줄 거야, 평소처럼! 아까 1, 2학년 애들이 몰려와 보고 내일 신선한 먹이 많이 가져온다고 그랬어."

"고마운 후배들이네! 얼른 가자! 또 늦었다."

아이들이 다 돌아가 텅 빈 운동장을 가로질러 교문을 나섰다. 저녁 안개가 깔리기 시작한 농로 주변에는 이제 하늘거리던 코스모스들도 반 넘게 떨어졌고 맴돌이 춤을 추던 고추잠자리도 없었다. 가까운 동산에 형형색색으로 물든 단풍잎들은 형체만 불그스레 보일 뿐 어둠이 내려 흐릿했다. 그래도 찻길 가에 무리지어 서 있는 은빛 억새들은 모습이 또렷했다. 풀숲에서 가냘프게 솟아올라 살며시 살랑거리는 모양새가 마치 흰 면장갑을 낀 어린아이들이 일제히 손을 흔들어 맞이하는 것 같았다. 이담 저수지 소나무 옆에 이르자 비 오던 날 얼떨결에 키스를 했던 생각이 나 괜히 얼굴이 붉어졌다. 진석이도 그런지 헛기침을 큼큼 해댔다.

"너 왜 매일 진석이랑 그렇게 꼭 붙어 다니는 거야?"

주월산 능선에 떠오르는 달빛을 받으며 집에 가니 엄마가 또 시비였다. 오늘도 변함없이 저기압 상태였다. 어떻게 된 엄마가 매일 저기압으로만 살아가는지 알다가도 모를 일이었다. 근본적으로는 농협 빚 때문이고, 다음으로는 고등학교 진학 문제로 그런 것이겠지만 또 다른 이유가 있는 게 분명했다.

"걔랑 사귀기라도 하는 거야? 동네 사람들이 손가락질하며 수군거리잖아!"

단단히 벼르고 있었는지 의심의 눈빛을 거두지 않고 계속 캐물었다. 아주 작정을 한 얼굴이었다. 까치고개 정상에 서 있는 여장승의 괴기스런 얼굴과 흡사했다.

"사귀는 거 아니야!"

윗방으로 들어가 문을 닫았다. 엄마가 문을 열고 따라 들어와 집요하게 물고 늘어졌다. 웬만해서는 떨어질 것 같지 않았다. 찰거머리요 진드기였다.

"똑바로 말 못 해? 아래윗집에 살며 같이 컸더라도 남녀 간에는 지켜야 할 선이 있는 거야. 너 큰일 나려고 그래? 말해봐, 어서!"

"뭘 말해? 그냥 동네 후배, 학교 후배지! 어쩌다 자전거 얻어 타고."

"뭐? 어쩌다? 은혁이 말 들어보니 늘 꼭 붙어 다닌다는데? 저번에는 충주에서 함께 자고 왔다면서? 나한테는 이담리 친구 집에서 잤다고 거짓말을 하고. 어서 솔직히 말 안 할래, 너?"

기세로 보아 쉽게 물러설 엄마가 아니었다. 싸움닭 같았다.

사정없이 콕콕 쪼았다. 작년에 마을 부녀회 공금 회계 문제로 총무인 진석이 엄마와 심하게 싸운 적이 있는데, 그때도 그랬었다. 느티나무 밑에서 시작된 싸움이 진석이네 집 마당까지 가서야 겨우 끝이 났었다. 그것도 동네 아줌마들이 엄마를 강제로 끌고 나왔기에 중단됐었지, 그렇지 않았으면 서로 머리채를 움켜잡고 느삽이 씨름을 벌일 뻔했었다. 그래서 여태껏 진석이 엄마와 사이가 좋지 않았다. 이웃사촌이 하루아침에 견원지간이 되어 버려 언제 2차 대전이 발발할지 위태위태한 상황이었다. 근래 들어 엄마의 성격이 너무 드세진 것 같아 문득문득 낯설게 느껴지곤 했다.

위기 상황을 벗어나기 위해 은비는 빠르게 머리를 굴렸다. 엄마가 관심을 다른 곳으로 돌리도록 질문을 퍼부었다.

"아빠는 어디 가셨어?"

말을 돌려 평소에는 잘 묻지 않는 아빠의 행방을 물었다.

"김 씨 할아버지네. 전화를 해서 돈 가져오라고 또 난리를 쳤어. 다 너 때문이야!"

"은혁이는?"

"어디 가서 놀겠지. 내년에 중학생이 될 텐데 공부는 하나도 안 하고 놀러만 다니니 원! 쓰잘데기 없는 로봇이나 주워 모으고."

은혁이는 벌써부터 중학교에 입학하면 과학 동아리에 들어가 로봇을 연구하겠다고 깝죽댔다. 당장 노벨상이라도 탈 것 같은 기세였다. 어디서 주워들었는지 로봇에 대한 잡스런 지식을 줄줄 읊었다. 산업용 로봇, 군사용 로봇, 의료용 로봇, 인명구조용 로봇, 완구용 로봇 등 로봇의 종류는 물론 로봇 소재, 로봇회로, 로봇 제어시스템, 로봇 응용영역을 막힘없이 쌀라쌀라 지껄였다. 입만 살아 나불대는 게 믿음이 전혀 가지 않았다. 먼데이를 24시간 지키는 인공지능형 로봇 강아지나 한 마리 만든다면 모를까.

"그놈은 누구를 닮아서 그런지…… 나는 학생 때 얼마나 공부를 열심히 했는지 알아?"

엄마는 학교 다닐 때 미술 과목을 제일 좋아했고 화가가 되려는 꿈을 꾸었다고 전에 말했었다. 외갓집에는 엄마가 그린 수채화 한 점이 벽에 걸려 있었지만 그렇게 잘 그린 건 아니었다. 김매기 하다가 밭고랑에 벗어놓은 외할머니의 고무신발 두 짝과 호미 한 자루를 그린 그림이었다. 뒤꿈치가 다 닳아서 구멍이 난 고무신이 뭉클한 느낌을 주기는 했었다.

"엄마, 우리 감 빨갛게 다 익었던데 언제 따?"

"자꾸만 딴소리 하지 말고 빨리 말해! 진석이랑 무슨 사인지. 계집애가 처신 잘못하면 어떻게 되는지 몰라?"

엄마가 목소리를 높이고 눈을 흘겼다. 검은자위가 사라지고 흰자위만 남아 물에 빠져 죽은 처녀귀신을 보는 듯 등골이 오싹했다. 자기 딸을 어떻게 저런 눈으로 흘겨볼 수가 있어? 잡아먹으려는 것처럼! 엄마의 표정으로 보아 더 이상 잡아떼어서는 안 될 것 같았다. 속으로 구시렁대며 뻥을 약간 섞어 대답했다.

"학교 친구가 충주 병원에 입원해서 문병 갔던 거야. 진석이도 잘 아는 친구야. 근데 막차를 놓쳐서 어쩔 수 없이 병원에서 자고 온 거고."

"그 친구 이름이 뭐야? 확인해보게 대봐! 전화번호하고 어느 병원인지, 어서!"

"친구 이름? 응! 그래! 설민혜, 010 6362 ××××, 충주 종합 병원!"

얼떨결에 2학년 때 담임선생님 이름을 대주었다. 엄마가 설마 전화를 하려니 생각했다. 선생님한테서 걸려온 전화는 몇 번 받아도 먼저 전화를 건 적은 여태 단 한 번도 없었다. 그래도 혹시나 해서 못을 박았다.

"전화해도 못 받아. 지금 중환자실에 있어. 면회도 제한돼 있고."

"그러면 부모님이라도 받겠지! 그런데 설 씨도 있어? 선 씨나 성 씨 아냐?"

"설 씨 있어! 두 씨, 묵 씨, 빙 씨, 포 씨, 호 씨도 있는데 뭐!"

"설민혜? 언제 들어본 이름 같기도 하고."

"내 친구니까 당연히 한두 번쯤 들어봤겠지!"

엄마가 고개를 갸웃거리면서 밖으로 나갔다. 저녁을 차리러 나가는구나! 짐작하고, 은비는 위기를 지혜롭게 넘긴 자기 자신을 칭찬하며 안도의 한숨을 길게 내뿜었다.

여유롭게 천천히 옷을 갈아입었다. 교복 상의를 벗고, 교복 치마를 벗고, 검은색 스타킹을 차례차례 벗었을 때였다. 안방에서 전화를 하는 소리가 들려왔다. 아니, 엄마가 정말 전화를? 숨을 멈추고 온 신경을 귀로 집중시켰다. 침묵의 시간이 흘렀다. 심장이 마구 뛰었다. 선생님, 제발 받지 마세요! 간절히 기도를 했다. 그러나 야속하게도 기도는 금방 물거품이 되고 말았다. 컬컬한 엄마 목소리가 또 들렸다.

"여보세요! 거기 설민혜 학생……."

오! 마이 갓! 이제는 엄마와 영원히 철천지원수 사이가 되는 것이었다. 앞뒤 재볼 여지도 없이 속옷 차림으로 후다닥 뛰어나가 안방 문을 열어젖혔다.

"엄마!"

지붕이 들썩거릴 정도의 목소리로 엄마를 불렀다. 하지만 엄마는 뒤도 돌아보지 않았다. 전화기를 빼앗으려고 안방으로 들어갔다. 2학년 때 담임과의 통화를 막으려면 그 수밖에 없었다. 절체절명의 순간이었다.

"민혜 학생 어머니시죠? 저는 민혜 친구 은비 엄마예요! 우리 은비가 그러는데 민혜가 아주 많이 아파서 중환자실에 입원했다면서요? 지금은 좀 어떤가요?"

저쪽에서 뭐라고 대답하는 모양이었다. 엄마가 가만히 듣고 있었다. 천진난만한 새끼 양처럼 얌전했다. 세상에 이런 일이? 이해가 불가능한 상황이었다.

"다행이네요. 얼른 나아야죠. 은비 보고 또 한 번 가보라고 할게요. 저, 그럼……."

참으로 이상한 통화였다. 은비는 슬그머니 뒷걸음질을 쳐 자기 방으로 돌아갔다. 내일 학교에 가자마자 2학년 때 담임을 만나서 물어봐야 어떻게 된 일인지 알 것 같았다. 궁금증이 일어 두뇌 한쪽이 몹시도 근지러웠다.

열한 시가 넘어 자리에 들었으나 잠이 오지 않았다. 밤이 깊을수록 두 눈은 더욱 똥그래져 먼데이의 눈망울보다 더 커졌다. 안방에서는 엄마 아빠가 목소리를 낮춰 무어라 소곤대고 있었다. 귀신 씨 나락 까먹는 소리가 계속해서 들렸다. 도대체 엄마가 왜 나를 쌀쌀맞게 대하는 걸까? 예전에도 가끔 티격태격했던 적이 더러 있었지만 금방 풀어지곤 했다. 그런데 이번에는 정도가 심하고 오래갔다. 벌써 한 달하고도 열흘이 훌쩍 넘었다. 엄마는 매사에 툴툴거리고 이유 없이 신경질을 내곤 했다. 은비한테는 물론 아빠한테도, 심지어 은혁이한테도 그랬다. 하지만 그 이유는 도무지 알 수가 없었다.

"지난 8월 말부터 그랬던 건 확실해!"

먼데이를 집으로 데려오기 전부터 그랬으니까 먼데이가 애초의 원인은 아니었다. 나중에는 조금 악영향을 미쳤다고 해도 분명 다른 원인이 있었다. 한 가지 짚이는 게 있었다. 그거 때문일 확률이 가장 높았다. 아무리 머릿속을 뒤져봐도 다른 이유는 나오지 않았다.

"아아! 내가 그렇게 큰 실수를? 나, 이거 치매야, 치매 초기!"

은비는 손바닥으로 자신의 이마를 한 번 툭 쳤다. 뺨도 한 대 때렸다. 절대 잊어서는 안 될 걸 잊고 만 것이었다. 생각할수록 기가 막혔다. 그러나 이미 엎질러진 물이요 떠나버린 버스였다. 엄마의 마음을 달랠 대책이 필요했다. 그래도 엄마와 딸로 맺어진 인연인데 모르는 척할 수는 없었다.

"부모와 자식으로 만나려면 8천 겁의 인연이 얽혀져야 된댔지?"

뜬금없이 그 말이 떠올랐다. 중1 때 담임한테 들었던 말이었다. 올해 초에 청주 산남중학교로 전근 간 도덕 선생님이었다.

1겁劫이란 천지가 한 번 개벽한 때부터 다음 개벽할 때까지의 길고 긴 무한의 시간을 말해! 본래 인도에서는 범천의 하루, 곧 인간계의 4억3천2백만 년을 1겁이라 한다고. 감이 안 잡혀? 좀 더 쉽게 말해주지! 1천 년에 한 방울씩 떨어지는 낙숫물이 집채만 한 바위를 다 뚫을 때까지 걸리는 시간, 다시 말해 하늘에서 1백 년에 한 번씩 땅으로 목욕하러 내려오는 선녀가 있는데, 그 선녀의 잠자리 속날개 같은 옷자락이 스쳐 우리 학교 운동장만 한 바위를 다 닳게 할 때까지의 시간이야. 한마디로 상상조차 할 수 없는 시간이지.

그렇게 5백 겁의 선한 인연이 쌓여야 옷깃이 한 번 스치게 되고, 1천 겁의 인연이 쌓이면 한 나라에 태어나게 되고, 4천 겁 인연이 쌓이면 같은 민족으로 태어나고, 5천 겁의 인연이 쌓이면 한 동네에 태어나게 되고, 7천 겁의 인연이 닿고 쌓이면 부부로 맺어지는 거야. 그리고 8천 겁의 인연이 얽히면 부모 자식으로, 9천 겁의 인연이 얽히면 형제자매로 태어나게 된다고. 그러면 나와 너희, 스승과 제자는 몇 겁의 인연이 쌓여야 되는 걸까? 놀라지 마! 무려 1만 겁이야, 1만 겁! 스승과 제자가 되는 인연이 가장 길고도 힘든 인연이지. 아무튼 우리가 오늘 이렇게 스승과 제자가 되어 만났으니까 보통 인연이 아닌 거야. 물론 이 인연설을 무조건 믿으라는 게 아니고, 사람과 사람의 만남을 소중히 생각하자, 이 말이야. 서로 악연이 되지 않도록. 알아들었지?

중학교 입학식이 끝나고 첫 시간에 들려준 말이었다.

"엄마 아빠하고는 8천 겁, 동생하고는 9천 겁, 먼데이하고는 8천 겁? 진석이하고는 5천 겁? 그러면 이상택하고는? 걔랑은 악연이야, 악연!"

노트를 꺼내서 엄마가 좋아하는 것들, 엄마에게 필요한 것들을 하나하나 적었다. 그리고 꼼꼼히 살피면서 우선순위를 매겼다. 다시 보며 순위를 두어 번 바꾼 다음 드디어 한 가지를 결정했다.

아침에 학교에 갔더니 사육장에 아이들이 빼곡하게 몰려 있었다. 신선한 먹이를 가지고 와서 주는 것인가 보다 생각하며 다가갔다. 하지만 그게 아니었다. 누가 먼데이에게 해코지를 하기 위해 사육장 안으로 돌멩이를 던진 것이었다. 사육장 바닥에 돌멩이가 수십 개였다. 기다란 막대기도 두세 개 있었다. 몇 방 맞았는지 먼데이의 상태가 좋지 않았다. 저번처럼 또 공포에 질려 구석에서 바들바들 떨고 있었다. 이상택 그 나쁜 놈! 은비는 이빨을 바드득 갈며 안으로 들어가 돌멩이를 주워 모으고 있는 소사 아저씨에게 물었다.

"아저씨! 어떻게 된 일이에요?"

"아까 나와 보니 이렇지 뭐야. 새벽에 순찰을 돌 때도 멀쩡했는데. 못된 녀석들이 아주 재미를 붙인 모양이야. 잡아서 혼을 좀 내줘야 다시 그러지 않을 텐데 원!"

다행히 먼데이는 엉덩이 부분에 약간의 상처가 있을 뿐 크게 다치진 않았다. 은비는 먼데이를 끌어안고 쓰다듬어 주면서 생각에 잠겼다. 대책이 필요했다.

"돌멩이를 못 던지게 철망에 촘촘한 그물망을 덮어 씌워야 겠다."

고기 잡는 그물 같은 걸 철망 겉에다 덧씌운다는 것이었다.

"그게 좋겠네요. 꼭 해주세요, 아저씨!"

그렇게 말해놓고 나서 은비는 속으로 아니다 싶었다. 그런다고 해코지를 안 할 놈들이 아니야! 먼데이는 이중망에 갇히는 상황이 될 텐데, 얼마나 답답할까? 여기도 안전하지 않아! 어디로 옮기지? 답이 떠오르지 않았다.

출근하는 2학년 때 담임을 교무실 앞 화단 귀퉁이에서 만났다. 인사를 건네자 선생님은 싱글싱글 의미 있는 웃음을 웃었다. 그러더니 물어보기도 전에 먼저 말을 꺼냈다.

"은비 너, 엄마한테 찍혔지? 어제 가정 선생님이랑 읍내 단골 분식집에서 쫄면을 먹고 있는데 전화가 왔더라!"

달빛 고운 밤에 노처녀 여선생 둘이 허름한 분식집 구석에 앉아 쫄면을 끊어 먹는 그림이 그려졌다. 처량스러웠다.

"예! 요즘 엄마랑 사이가 좋지 않아요."

"내가 감 잡고 잘 둘러댔어! 교사 생활 8년이 넘으니 눈치가 10단이 되더라. 엄마한테는 미안했지만 나는 너를 믿으니까. 근데 연기를 하려니 좀 떨리더라!"

친구 엄마 역할을 재치 있게 해준 설민혜 선생님이 너무너무 고마워 큰절이라도 올리고 싶은 심정이었다. 눈물까지 찔끔

났다. 융통성이 완전 꽝인 3학년 담임이었다면 어림 반 푼어치도 없는 일이었다. 선생님 때문에 제가 학교 다니는 맛이 나요! 라고 감사를 표한 뒤 예쁜 액세서리라도 하나 사주기로 마음먹었다.

점심때 도서실 앞을 지나다 안을 들여다보았다. 도서실은 텅 텅 비었고 달랑 1학년 여학생 한 명이 앉아 책을 읽고 있었다. 인기척을 느낀 그 아이가 바라보고 고개를 약간 숙여 인사를 했다. 또랑또랑한 눈망울의 아이였다. 심심풀이 삼아 잡지나 좀 볼까 생각하는 참에 복도 끝에 진석이가 나타나 함께 먼데이에게 갔다. 그 사이 소사 아저씨는 녹색 그물망을 두 겹이나 덮어씌워 사육장 속의 먼데이가 잘 보이지 않았다. 돌멩이는커녕 공기도 통과하지 못할 것 같았다. 숨이나 제대로 쉴 수 있을는지. 마음이 편치 않았다.

"아저씨! 이건 너무 많이 씌웠어요. 먼데이가 숨 막혀 죽겠어요."

"이렇게 해놔야 안전해! 그놈들이 또 언제 와서 괴롭힐지 몰라. 조금 전에 교감 선생님도 보시고 잘했다고 그러셨어."

안으로 들어가 먼데이를 살폈다. 아침보다 조금 나아져 보였다. 젖병을 물렸더니 꽤 많이 먹었다. 배춧잎도 두어 장이나 씹었다. 입술을 오물오물 움직이며 맛있게 먹는 모습이 너무 귀여워 눈을 뗄 수가 없었다.

"아가야, 먼데이야! 우리가 있으니까 겁내지 말고 많이 먹어!"

아이들도 두세 명씩 몰려와서 용기를 주었다. 정말 고마운 후배들이었다.

"진석아, 내일부터는 걸음마를 다시 시켜봐야겠어. 이렇게 앉아서 지내게 할 수는 없잖아?"

"그건 그렇지만 잘될까? 그냥 두었다가 자기가 일어나려고 할 때 시키는 게 어때? 아마 다음 주에는 일어서려고 할 거야."

"그러자, 그럼! 어? 저기 저놈들!"

학교 창고 뒤에서 이상택과 그 패거리 몇 명이 이쪽을 지켜보다가 얼른 숨어버렸다. 수상한 행동이었다. 아무래도 조만간 다시 뭔 짓을 할 것 같았다.

"저놈들 짓이 분명해! 그런데 확실한 증거가 없으니."

"잠복해 있다가 잡을까?"

"밤새워서 어떻게 잠복해? 언제 올 줄 알고?"

둘이서 뒷마당 벤치에 앉아 고민 고민해봤으나 뾰족한 수가 떠오르지 않았다. 토요일에 털보 아저씨 면회를 가보기로 하고 각자의 교실로 돌아갔다.

종례를 마친 담임이 교무실로 따라오라고 했다. 표정이 어두웠다. 또 왜 저러지? 감옥으로 끌려가는 죄인처럼 쭈뼛쭈뼛 뒤따라갔다.

"은비 너, 고등학교 결정했어? 내가 부모님이랑 상의해서 결정해오라고 한 지 2주일이 다 돼가잖아?"

"한 군데 생각해둔 곳 있어요."

담임이 어디냐고 물은 뒤 눈을 치켜뜨고 대답을 기다렸다. 잠시 뜸을 들이다가 대답했다. 어차피 알 게 될 거 숨길 이유가 없었다. 당당하게 밝혔다.

"충주에 있는……."

"충주? 그럼 충주여고? 그래, 그 학교 명문이지! 지금부터라도 분발하면 합격할 수 있어!"

"아니, 충주여고가 아니라 충주생명과학고요."

"뭐? 충주생명과학고? 거긴 특성화고 아냐?"

담임이 인상을 잔뜩 찌푸렸다.

"네, 맞아요. 특성화고. 알아보니까 거기 마침 동물보호과가 있더라고요. 바로 이거다 하고 필이 팍 왔어요!"

"야, 거긴 말이 생명과학고지 농고 아니냐? 농고!"

굳이 깎아내려 폄훼하는 담임의 태도가 못마땅했다. 그렇지만 뭐라 할 수도 없었다. 샐쭉한 얼굴로 잠자코 있었다. 그러자 담임이 불만기가 가득한 눈으로 쳐다봤다.

"그 학교 갔다가 너, 평생 후회하려고 그래? 좀 더 생각해 봐!"

"생각 많이 했어요. 후회 절대 안 해요."

"가까운 학교 두고 왜 먼델 가? 남자애도 아니고 여자애가. 너, 거기 가면 대학 진학 힘들 텐데? 부모님이 허락하셨어?"

"허락은 안 하셨지만 저는 제가 가고 싶은 학교에 꼭 가고 싶어요."

"차라리 읍내 인문고로 가! 대부분 거기 가잖아? 너도 거기 가서 공부 좀 하면 나중에 4년제 대학 진학도 가능할 텐데 왜 그러니? 넌 아직 나이가 어려서 잘못된 판단을 내릴 위험이 높아. 질풍노도기 때는 앞을 제대로 못 본다고. 그러니까 경험 많은 어른 말을 무시하지 마!"

엄마랑 전화 통화를 했는지 담임은 은근히 특성화고보다 인문고로 가라고 압력을 넣었다. 멀리 가서 개고생하지 말고 가까운 인문고로 가라는 말이었다. 뭐니 뭐니 해도 부모님 우산 아래 있는 게 좋다며 감언이설로 구슬렸다.

"담임선생님 말 들어! 다 너 잘 되라고 그러시는 거지, 안 되라고 그러시는 게 아니야! 인문고 가서 열심히 공부해 대학도 가고. 나중에 선생님 찾아뵙고 고맙다는 인사 꼭 드려!"

"……!"

옆자리 앉아 있던 다른 선생님이 담임을 거들었다. 돌아보니 사면초가였다. 사방에 적이었다. 엄마, 아빠, 담임에 진석이까지 타지로 못 가게 하려고 연합작전을 펴는 것 같았다. 하지만 은비는 그럴수록 더 가고 싶었다. 반발 심리에다 오기까지도 발동했다. 어떻게 해서든 엄마 아빠한테 말해서 허락을 받아낼 참이었다. 더 이상 미룰 수는 없었다. 그 학교에 혜택을 받을 수 있는 장학제도가 있는지도 자세히 알아보기로 했다.

"안녕히 계세요!"

담임이 가라고 하지도 않았는데 은비는 인사를 하고 휙 뒤돌아섰다. 아무리 엄마 아빠이고 담임이라고 해도 자기의 앞길은 자기 스스로 결정하고 싶었다.

라면 둘 추가

은비는 가자미눈으로 엄마 눈치를 살살 살피다가 농협 마트에서 사가지고 온 선물을 슬그머니 내밀었다. 선물이란 제때에 주어야 주는 사람도 받는 사람도 즐거운 법인데 너무 늦어서 쑥스러웠다. 사후 약방문 격이었다. 그래도 안 하는 것보다는 낫겠지! 선물의 약효를 믿어야 해! 세상에 선물 싫어하는 여자 봤어? 싸구려 화장품이나 어쩌다가 대충 찍어 바르는 농사꾼의 아내인 엄마지만 여자는 여자였다. 자기 추측을 믿으며 가만히 입술을 뗐다.

"엄마, 이거 받아! 선물이야. 풀어봐!"

엄마가 멍한 표정으로 웬 선물이냐고 물었다. 은비는 약소해서 미안하다는 뜻으로 눈웃음을 지어보였다. 그리고 입술에 침을 발랐다.

"자외선 차단 크림이야. 밖에 일하러 나가기 전에 꼭 발라. 피부에 햇빛이 닿으면 빨리 늙는대! 엄마 피부 많이 탔어. 주름도 많이 생기고."

엄마의 주름진 얼굴을 꼼꼼히 살피면서 설명을 했다. 엄마가 수저를 놓고 선물을 풀었다. 아빠와 동생도 밥 먹는 동작을 멈춘 뒤 물끄러미 바라보았다. 뜬금없이 웬 선물을 다 사와서 내미느냐는 눈빛이었다.

"비싼 거 아냐. 나중에 내가 피부가 하얘지는 피부 미백 크림도 사줄게!"

자외선 차단 크림을 요리조리 살펴보던 엄마의 입가에 미세한 웃음기가 엿보였다. 은비는 이때다 생각하고 축하 멘트를 날린 뒤 말꼬리에 미안하다고 달았다.

"엄마! 늦었지만 생일 축하해! 내가 깜박 잊어서 많이많이 미안하고."

그 말에 동생하고 아빠가 깜짝 놀라며 엄마를 똑바로 쳐다보았다. 아빠는 감을 잡았는데 동생은 오리무중, 깜깜밤중이었다. 오줌 세례를 맞은 개구리처럼 두 눈을 멀뚱거렸다.

"누나, 오늘이 엄마 생일이야?"

"오늘이 아니고 지난 8월 29일! 내가 작년에 엄마 마흔 번째 생일은 아주 짱 멋있는 파티를 해준다고 약속했었는데 그만 깜빡했지 뭐니!"

작년에는 엄마 생일이 3일이나 지난 다음에 알아챘었다. 엄마는 자기한테 아무도 관심이 없다고 삐쳐서 며칠 동안이나 뚱한 표정으로 지냈었다. 나이가 들수록 별것도 아닌 일로 서운해하고 토라져 속을 끓인다더니, 엄마가 꼭 그짝이었다. 아무튼 그래서 은비는 40회 생일에는 진짜 성대하게 파티를 해준다고 여러 차례 큰소리 쳤었다. 그런데 그만 또 깜빡 잊어먹어 사실입이 열 개라도 할 말이 없었다.

"정말 미안해, 엄마! 여자가 나이 사십이 되면 마흔앓이를 해서 감정의 기복이 심해지고, 심각한 우울증에 빠지기 쉽다고 울 학교 여선생님이 그랬는데! 나는 깜빡 했더라도 아빠는 잊지 말고 챙겨주셨어야죠?"

아빠에게 슬쩍 책임을 돌렸다. 부모 자식은 1촌, 부부 0촌. 촌수로 따져도 자식보다는 남편이 가까우니 아빠 책임이 더 큰 거였다. 부부는 일심동체라고 하지 않던가. 아빠가 미안해하는 표정으로 엄마 얼굴을 살폈다. 감나무 껍질처럼 거무스름하니 거칠게 변한 피부, 눈가와 입가에 부챗살 같은 잔주름으로, 엄마는 원래 나이보다 네다섯 살쯤 많아 보였다.

"나도 이일저일 바빠서 깜빡했어. 여보, 미안해!"

엄마한테 그렇게 사과의 말을 건넨 아빠가 멋쩍게 씨익 웃었다. 엄마는 새침한 표정을 잠시 지었으나 이내 풀어졌다. 오랜만에 느껴보는 부드러운 저녁 밥상 분위기였다. 은비는 내친 김에 그 분위기를 이용해 고등학교 진학 얘기를 하기로 마음먹었다. 청국장찌개를 두 숟갈 연거푸 떠먹은 후 입을 열었다.

"오늘 이 청국장찌개 맛 짱 끝내주네!"

먼저 아부 멘트를 큰소리로 날려주고서 곧이어,

"엄마! 있잖아. 나, 고등학교 충주로 가고 싶은데."

메인 멘트를 작은 소리로 깔았다. 그리고 귀여운 미소로 마침표를 찍었다.

"충주?"

"무슨 말이야, 그게? 집에서 다니랬잖아?"

엄마 아빠의 표정이 급격히 어두워졌다. 말투도 싸늘했다. 엄마가 뒷말을 이었다.

"외지로 가는 건 절대 안 돼! 이장 막내딸 청주에 있는 고등학교 가서 자취했다가 왕창 망가진 거 못 봤어? 결국 졸업도 못하고 서울로 도망갔잖아?"

"어디 이장 막내딸뿐이야? 외지 학교 가서 공부는 안 하고, 못된 친구나 사귀어 못된 짓이나 하면서 싸돌아다니는 것들 쌔고 쌨지! 깡패 같은 것들과 어울려 술 마시고 담배 피우고……. 에잉!"

밥상 위로 찬바람이 거세게 휘몰아쳤다. 금세 방 안 분위기가 꽁꽁 얼어붙어 천장에 고드름이 달릴 정도였다.

은비는 심호흡을 몇 차례 해서 마음부터 진정시켰다. 이어서 물을 한 모금 마시고 헛기침으로 목청을 가다듬은 다음 차분히 설명을 했다.

"외지 학교 간다고 다 망가지는 거 아냐! 충주생명과학고라고 몇 년 전에 새로 생겼어. 거기 꼭 가고 싶어! 기숙사도 있고 장학제도도 있어서 돈도 많이 안 들어."

은비는 자기가 조사한 그 학교에 대해 이것저것 좋은 점만 잔뜩 늘어놓았다. 마치 그 학교의 홍보대사라도 된 것처럼 콩알만 한 침방울을 밥상으로 튀겨가며 열심히 자랑을 했다.

"안 된다면 안 되는 줄 알아! 기집애가 왜 그렇게 말이 많아? 그러려면 아예 고등학교 가지 마! 집에서 농사일이나 거들어!"

아빠가 수저를 던지듯 내려놓고 벌떡 일어나 밖으로 나갔다.

엄마에게 좀 더 자세한 설명을 해줬다. 그러자 묵묵히 듣고 있던 엄마가 눈을 몇 번 끔뻑끔뻑하더니 안 된다고 한마디 툭 내뱉었다.

"안 돼!"

"왜 안 돼?"

"외지로 보낼 형편도 안 되고, 아빠 말처럼 위험해서 안 돼! 집에서 가까운 학교 다녀! 얌전히 다니다가 졸업하고 나서 시험 치러가지고 공무원 돼! 아빠도 그걸 원해. 뭐니 뭐니 해도 공무원이 최고라더라. 우체국 공무원이 특히 편하대."

또 공무원 타령이었다. 엄마와 잘 아는 오창리 아줌마 딸이 괴산고등학교를 졸업하고 2년 간 죽어라 시험공부를 해서 우체국 공무원이 됐다는 것이었다. 틈만 나면 그 언니 칭찬을 입에 침이 마르도록 해댔다. 그 언니처럼 공무원이 되는 게 본인한테는 최고의 영광이요, 부모한테는 가장 큰 효도라는 말이었다.

"엄마! 야생동물들은 새끼를 낳아서, 그 새끼를 일정 기간 동안 키운 다음에 어떡하는 줄 알아?"

"뭘 어떡해? 함께 살지!"

"아니야! 새끼를 강제로 떠나보낸대! 멀리 가서 혼자 독립해 살라고. 안 가면 막 물어뜯고 머리로 들이받기도 한대!"

"우리가 야생동물이야? 응? 절대 안 되니까, 더 이상 말하지 마!"

은비는 오만상을 짓고 짜증을 부렸다. 그래도 엄마는 막무가내였다. 답답했다. 생각할수록 숨이 막혔다. 연거푸 심호흡을 해서 숨을 고른 뒤 설득 작전을 펴보기로 했다. 그러나 곧 포기하고 말았다. 엄마하고의 대화는 한마디로 우이독경, 쇠귀에 경 읽기였다. 말이 통하지 않았다. 은비는 김치를 신경질적으로 꽉꽉 으깨 씹으면서 생각에 잠겼다. 은혁이가 우습다는 눈빛으로 바라보았으나 무시해버렸다. 생각 끝에 일단 조건을 걸어보기로 했다.

"그러면 좋아! 괴산고로 가는 대신 한 가지 조건이 있어!"

"조건? 무슨 조건?"

"저 뒤꼍에 돼지우리 있잖아? 거기에다 고라니 새끼 한 마리 키울래!"

엄마가 고개를 세게 저었다. 아주 완강한 거부였다.

"가만! 고라니 새끼라니? 너 혹시?"

엄마가 두 눈을 휘둥그렇게 떴다. 동생도 의혹이 가득 담긴 눈으로 바라보았다. 속이 뜨끔했다. 은비는 김치 씹기를 뚝 멈췄다.

"얘가 이제 보니까……. 그거 죽어서 산에다 파묻은 게 아니지?"

"너, 사실대로 말해!"

아빠가 문을 벌컥 열고 들어와 소리를 버럭 질렀다. 여차하면 뺨이라도 후려칠 기세였다. 눈도 깜박이지 않고 매섭게 노려보며 대답을 강요했다. 험한 분위기상 이실직고를 해야만 했다. 도저히 빠져나갈 구멍이 없었다. 은비는 마른침을 한번 꿀꺽 삼켰다.

"저, 사실은 지금 학교에서 보살피고 있어! 교감 선생님이 학교 토끼 사육장에서 보살피라고 허락하신 거야. 그런데 못된 아이들이 돌멩이를 던지고 막대기로 찌르며 괴롭혀서 집에 데려오려고."

"이 기집애가 엄마 아빠를 속여? 그래서 그 개망신을 당하게 해?"

"너 때문에 생돈 20만 원 고스란히 날렸잖아? 내일 당장 가서 데려와! 나라도 잡아서 삶아먹게."

긁어 부스럼이었다. 괜히 말해가지고 모처럼 만에 형성된 부드러운 분위기만 깨고 말았다. 가벼운 주둥이가 웬수였다.

이왕 탄로 난 거. 은비는 그동안 있었던 일을 다 말해버렸다. 털보 아저씨 이야기도 털어놓았다. 사랑산에서 밀렵꾼들에 떠밀려 골짜기로 떨어져 중상을 입었다는 것, 헬리콥터까지 출동해서 충주 종합병원으로 이송됐다는 것, 다섯 시간에 걸친 긴급수술을 받고 중환자실에 입원했다는 것, 움직이지도 못하고 말도 못하고 먹지도 못한다는 것, 진석이랑 그 병원에 몇 번 갔었다는 것 등등. 하나도 빠짐없이 다 말해주었다. 먼데이의 현재 상태에 대해서도 상세하게 설명을 했다. 그런데도 엄마 아빠는 안 된다고 못을 박았다. 일언지하에 딱 잘라 거절이었다. 대체 그 가여운 먼데이와 무슨 원수가 졌다고 못 잡아먹어 그리도 안달인지. 이해가 되지 않았다. 엄마 아빠가 혹 전생에 악질 사냥꾼 부부가 아니었을까, 의심스러웠다.

"데려와서 김 씨 할아버지 갖다줘야 해. 40만 원 다시 받게. 아니지! 우리가 위약금인지 뭔지 20만 원 보태서 총 40만 원을 돌려줬고. 그 할아버지가 애초에 40만 원을 준다고 했으니까,

그럼 60만 원을 받아야 되는 건가? 엄청 헷갈리네."

그 와중에 엄마는 손가락을 하나하나 꼽아가면서 돈 계산을 했다. 마치 돈에 걸신이 들린 사람처럼, 고개를 가웃거리고 눈알도 굴려가며 받을 금액을 알아내려고 안간힘을 썼다. 무엇 때문에 엄마 아빠가 저렇게 돈만 밝히는 어른으로 변한 건지, 안타깝고도 서글펐다. 마을에서 그리 못사는 집도 아닌데, 돈이라면 쌍심지를 켜고 달려드는 게 이해가 되지 않았다.

"60만 원 맞죠, 여보?"

"맞아!"

동생 은혁이가 맞다고 아빠 대신 대답했다. 곧 새 자전거가 생긴다는 희망에 입이 찢어졌다. 중학교에 입학하면 입학 선물로 스마트폰 대신 춤추는 로봇을 사달라고 졸라댔다. 그러면서 자기는 세계적인 로봇 과학자가 되는 게 꿈이라며 알랑방귀를 뀌었다. 은비가 독수리눈으로 노려보는데도 그치지 않았다. 네까짓 놈이 로봇 과학자는 무슨? 근거 없는 자신감이 넘치는 녀석이었다. 어디서 주워 모았는지 방 한구석에는 망가진 조립식 로봇이 수북했다.

"내일 안 데리고 오면 너 진짜 혼날 줄 알아!"

"쟤가 또 다른 데로 빼돌릴지 모르는데, 당신이 직접 학교에 가서 가져와요."

"그렇지! 내일 내가 저기 송 영감님네 일 좀 해주고 나서 저녁 무렵에 학교로 갈 테니까 그렇게 알아! 또 빼돌리면 넌 집에 못 들어와!"

화가 머리꼭대기까지 난 아빠가 담배와 라이터를 집어들고 다시 밖으로 나갔다. 엄마도 자외선 크림을 똥걸레 치우듯 윗목으로 툭 던져놓고 아빠 뒤를 따랐다. 큰일이었다. 아빠 성격에 학교로 쫓아가서 직접 끌고 올 텐데. 아이고! 일이 왜 또 이렇게 꽈배기처럼 배배 꼬이는 건지! 하늘이 원망스러웠다. 결국 식구들은 냉랭한 얼굴로 뿔뿔이 흩어지고 말았다.

윗방에서 날개 잘린 풍뎅이처럼 맴을 돌던 은비는 부엌으로 나갔다. 여전히 뚱한 표정인 엄마는 은비를 거들떠보지도 않았다. 신경질적인 동작으로 설거지만 할 뿐. 살며시 다가가서 말없이 설거지를 도왔다. 그러다가 넌지시 물어보았다.

"엄마! 엄마 아빠는 왜 집에서 야생동물을 키우는 걸 그렇게 싫어해? 전생에 야생동물이랑 원수였어? 밭에 갔다가 장딴지라도 물린 적 있어?"

엄마는 대답하지 않았다. 너 혼자 떠들어라, 나는 내 일이나 하련다, 식으로 은비를 무시했다. 은비는 엄마가 들고 있는 마지막 밥그릇을 빼앗아 닦으면서 또 물었다.

"큰 동물도 아니고 조그마한 새낀데. 무서워? 엄마 혹시 동물 공포증 있어?"

"짐승 기르는 일이라면 자다가도 경기가 나! 아주 신물이 올라온다고.”

“글쎄, 왜 그러는 거야? 동물 알레르기 있어?”

“너 기억 안 나?”

무슨 말을 하는 건지 도통 감을 잡지 못했다. 난데없이 뭔 기억을 들먹이는 건지 원! 기억력이 조금 처지는, 자기의 아픈 곳을 콕 찌르는 엄마가 얄미웠다. 동작을 멈추고 엄마를 슬쩍 흘겨보았다.

“뭐? 뭐가 기억 안 나?”

“너 다섯 살 때까지 엄마 아빠 돼지 길렀었잖아?”

금시초문이었다. 돼지우리가 하나 있기는 있지만 기르는 걸 본적이 없었다. 두 눈을 빠른 속도로 깜빡이면서 엄마의 다음 말을 기다렸다.

“돼지 길렀었어! 많게는 1백 마리 넘게. 적게는 50, 60마리나. 뒤꼍 저쪽으로 길쭉하게 쭉 돼지우리였는데, 아빠가 다 때려 부수고 하나 남긴 거야. 농기구 보관창고 하려고.”

놀라운 일이었다. 돼지를 그렇게 많이 길렀었다니? 그런데도 전혀 기억나지 않았다. 어렸을 때의 기억이 송두리째 날아간 모양이었다. 청년치매라는 병도 있다고 들었는데, 혹시 그게 아닌지 은근히 불안했다. 외할머니 얼굴도 잠깐 스쳤다.

“근데 왜 때려 부쉈어?”

“호랑이 띠인 아빠하고 짐승 기르는 일은 맞지 않는대. 너,

호랑이가 짐승 기르는 거 봤어? 다 잡아먹지. 아유, 생각하기도
싫어! 끔찍해!"

엄마가 머리를 흔들며 진저리를 쳤다. 은비는 더욱 궁금해졌
다. 쉬지 않고 캐물었다. 오랫동안 치매를 앓다가 돌아가신 외
할머니까지 끌어들였다. 외할머니 얘기에 엄마가 멍한 표정을
지었다. 눈에는 눈물까지 그렁거렸다. 또 혓바닥을 잘못 놀린
게 아닌가. 은근히 켕겼다.

마른 수건에 물 묻은 손을 닦은 엄마가 화가 많이 풀어진 표
정으로 입을 열었다. 한풀 꺾어진 목소리였다.

"어느 핸가 구제역이라는 돼지전염병이 돌아서 1백여 마리
를 다 땅에 묻었어. 산 채로 모조리! 한 일 년 넋을 놓고 지내다
가 다시 열 마리를 입식해서 부지런히 길렀지. 그런데 또 돼지
값 파동이 닥쳐서 다 굶겨 죽여야 했어! 어미돼지 새끼돼지 빠
짐없이. 한겨울에 아빠랑 울면서 달천에 내다버리기도 했지!
그래서 수십 마리가 얼어 죽기도 하고. 그때 눈물을 얼마나 많
이 흘렸는지 달천이 내 눈물로 홍수가 다 났었어. 너도 새끼돼
지들이 없어졌다며 며칠씩이나 울고불고 생난리를 피웠었다
구!"

"내가 그랬어? 나는 생각이 전혀 안 나는데? 근데 돼지 값 파
동은 뭐야?"

"돼지 값은 똥값으로 뚝뚝 떨어지는데 사료 값은 금값으로

자꾸 오르는 거야. 그러니 기를수록 빚만 엄청나게 쌓이는 거지! 그렇게 두 번을 겪었더니 빚이 산더미가 되었어. 아빠가 죽어도 다시는 짐승 안 키운다고 돈사를 다 때려 부쉈어. 그때 진 빚이 아직도 남아 있으니, 원! 짐승이라면 아예 쳐다보기도 싫어! 언젠가 용하다는 스님한테 점을 봤는데, 우리 집하고 네 발 달린 짐승은 서로 상극이라더라. 집을 말아먹을 악귀새끼를 기르는 거나 마찬가지래! 강아지조차도 기르지 말랬어!"

엄마가 얼굴을 잔뜩 찡그린 채 몸서리를 쳤다. 외할머니가 치매를 앓아 하루 종일 민요가락만 읊조리며 지냈을 때도 엄마는 점을 치러가곤 했었다. 점? 불행이 겹치면 사람들은 마음이 약해져 미신에 매달리게 된다더니. 이해가 될듯하면서도 되지 않았다. 그래도 나는 엄마처럼 미신 따위는 믿지 않을 거야! 그렇게 속다짐을 하며 고개를 가로저었다.

아무튼 은비는 엄마 아빠에게 그런 아픈 기억이 있는 줄은 꿈에서도 몰랐었다. 가슴 한구석이 찌르르했다. 엄마의 뒷말이 계속 이어졌다. 한번 말문이 열리자 장마에 이담 저수지 둑이 터진 것 같았다. 콸콸콸이었다.

"평생 고생시키지 않겠다는 네 아버지 꼬임에 넘어가, 엄마가 스물넷 어린 나이에 시집와서 6년 동안이나 그 고생을 했었어! 은혁이는 등에 업고 너는 돼지우리 속에 넣어두고 아침 일찍부터 밤늦게까지 일을 했지. 너는 돼지우리에서 돼지새끼들이랑 얼마나 잘 놀았는지 몰라. 하루 종일 돼지새끼들을 껴안고서 놓을 줄을 몰랐어!"

놀라운 일이었다. 내가 돼지새끼들이랑 그렇게 잘 놀았다고? 껴안고서 놓을 줄을 몰랐다고? 은비는 도무지 믿어지지 않아 넋이 나간 멍한 표정으로 엄마 얼굴을 바라보았다.

"정말이야! 막대기로 막 두드려 패면서 배꼽이 빠져라 깔깔거렸지. 아프다고 꽥꽥 소리 지르며 도망가는 걸 재미있다고 말이야. 잡아서 꼭 껴안고 젖 준다고 강제로 입을 벌리기도 하고. 그러면 돼지새끼는 싫다고 버둥거리며 또 꽥꽥 울고. 아유! 너, 돼지새끼들을 얼마나 좋아했는지 말도 못했어!"

어렴풋이 기억이 나는 것도 같았다. 근데 그건 좋아한 게 아니라 괴롭힌 거잖아? 한마디로 동물 학대잖아? 죄책감이 여드름처럼 볼록 솟아올랐다.

아빠가 경운기를 끌고 학교에 나타난 시각은 마지막 수업이 끝나기 15분 전이었다. 교실 창문 밖에서 처음 경운기 소리가 들려왔을 때 은비는 직감적으로 아빠구나 생각했다. 아침에 이미 먼데이를 피신시켜 놓았기 때문에 안심은 되었지만 자꾸 신경이 쓰였다. 목을 길게 빼고 운동장을 바라보았다. 아빠의 경운기가 사육장이 있는 학교 뒤쪽으로 가고 있었다.

"거기 조은비! 왜 창밖을 힐끔거려? 밖에 애인이라도 왔어?"

"아니요. 저……."

"127페이지 첫 문단 읽고 해석해봐! 시험에 나올지도 몰라."

머리카락이 허연 영어 선생님이 안경 너머로 쳐다보며 말했다. 그 특유의 고저가 없이 평탄하고 느린 목소리였다. 고개를 내려 교과서에 시선을 꽂았다. 꼬불꼬불 까만 영어 글씨가 빼곡했다. 눈알이 뱅뱅 돌았다. 숨이 턱턱 막혔다. 차라리 수학의 연립방정식 문제를 푸는 게 훨 낫지! 영어 독해는 질색이었다. 영어 시간만 되면 열등감이 폭발되었다.

"얼렁 읽고 해석해봐!"

"Today's teenagers have many interesting things to do outside home. Home is not the center of entertainment anymore. ……."

더듬더듬 한참이나 읽었다. 억지 발음을 하느라 혀가 뻐근하고 턱 관절이 욱신욱신 쑤셨다.

"음! 읽기는 그런 대로 읽네. 해석해봐!"

읽기도 힘이 드는데 해석까지 하라니. 막막했다. 눈앞이 깜깜해지고 온몸의 힘이 쭉 빠졌다. 한마디로 울고 싶어라였다.

"오, 오늘날 십대들은, 십대들은……. 많은 흥미 있는, 흥미 있는 가정 밖……."

아웃사이드 홈 다음에서 딱 막혔다. 거기서 어떻게 연결해야 할지 생각이 나지 않았다. 이마에 진땀이 흘렀다.

"오늘날 십대들은 뭐? 바람돌이마냥 집 밖으로만 싸돌아다 닌다는 거야, 뭐야?"

아이들이 와르르 웃었다. 옆에 앉아 있는 짝 현지도 으카카카! 웃었다. 웃음소리가 고장 난 오토바이 엔진 소리와 흡사했다. 귀에 몹시 거슬렸다.

"그 옆에 웃은 애, 말 꼬랑지처럼 머릴 묶은 애. 니가 해석해 봐!"

"예? 저 안 웃었는데요."

현지가 안 웃었다고 시치미를 딱 잡아뗐다. 일단 잡아떼고 보는 게 현지의 주특기였다. 주는 거 없이 미운 애였다. 초등학 교 6년, 중학교 3년 동안 만났던 짝들 중에 최악의 짝이었다. 짝 복이 없어도 너무 없었다. 다행히 담임 복은 그래도 조금 있 었던 편이었다. 몇몇 담임선생님들에게는 아직도 고마운 마음 을 갖고 있었다.

"안 웃기는 뭐가 안 웃어? 내가 봤는데. 어서 해석해봐!"

"다른 애들도 다 웃었잖아요?"

"니가 제일 크고 개성 있게 웃었어! 어서 해석해봐!"

송충이 씹은 표정으로 느릿느릿 일어난 현지가 한 손으로는 영어 교과서를 들고 다른 손으로는 빰만 긁적거렸다. 그러던 중에 수업이 끝나는 종이 울렸다. 현지의 얼굴 표정이 함박꽃 으로 바뀌었다. 싱글싱글 스마일 마크였다.

"너, 집에 가서 해석해와! 사전을 보고서라도 꼭 해와! 내일 영어 시간에 다시 시켜볼 거야."

"예에? 은비 얘는요?"

"왜 은비를 끌고 들어가? 물귀신처럼. 자기는 더 못 하면서 남을 비웃는 건 범죄야, 범죄! 자기는 못하더라도 열심히 하는 사람, 하려고 노력하는 사람에게는 박수를 쳐줄 줄 알아야지."

종례가 끝나고, 아버지가 다시 경운기를 몰고서 학교를 빠져나가는 걸 본 은비는 사육장으로 한달음에 달려갔다. 사육장 안에 소사 아저씨가 지붕을 수리하는 중이었다.

"아저씨, 우리 아빠 왔다 갔죠? 뭐래요? 우리 아빠가."

"여기 들어와서 막 화를 내시면서 어디로 빼돌렸냐고 소리를 지르시고. 아휴!"

소사 아저씨가 아빠한테 많이 시달린 모양이었다. 고개를 절레절레 흔들었다. 은비는 너무 미안해서 대신 사과드린다는 말을 열 번도 더 했다.

"진석이 조금 전에 우리 집으로 갔어! 거기서 널 기다린댔으니까, 가봐!"

인사를 하고 몸을 돌렸다. 그때 후배 아이들 몇 명이 먼데이를 보려고 찾아왔다. 반가웠다. 그동안 자주 봐서 안면이 있는 애들이었다. 잠깐의 호기심이 아니라 정말로 먼데이를 좋아하는 애들이었다. 먼데이가 없다고 아쉬운 표정을 짓는 후배들에게 모레 다시 데려올 거라고 말하고서 부지런히 걸었다. 혹시 이상택 패거리들이 미행을 할까 봐 조심하면서 뛰듯이 걸었다. 교문을 나서자마자 우측으로 돌아 허리를 90도로 굽혔다. 담장이 몸을 가리도록 90세 꼬부랑 노파 자세로 얼마간 이동했다.

소사 아저씨네 집은 학교 옆 마을의 외딴 농가였다. 마당에서 진석이가 먼데이에게 걸음마를 시키고 있었다. 반이 잘려진 앞쪽 오른 다리가 흉측했다. 은비는 마치 자신의 한쪽 다리가 잘려나간 것 같아 볼 때마다 가슴이 아팠다.

"진석아, 먼데이 좀 어때?"

"많이 좋아졌어!"

"표정은 좋은데, 걷는 건 아직 많이 서툴구나."

"그럼! 다리가 세 개뿐인데 제대로 걷겠어? 중심잡기도 힘들지."

겨우 한두 발 떼고서 푹푹 쓰러지는 모습이 너무 안타까웠다. 그래도 자꾸 일어나려는 행동이 대견스럽기도 했다. 살려고 하는 의지가 강하게 느껴졌다.

"우리 아빠 아까 학교에 왔다 갔어! 이 먼데이 데려가려고."

"아침에 이리 옮겨놓지 않았으면 큰일 날 뻔했네."

"그러게 말이야. 소사 아저씨가 고맙지! 우리 아빠 아마 내일 학교에 또 올 거야."

아빠는 학교에 또 찾아올 것이었다. 한 번 오고 말 아빠가 아니었다.

"어떡하지, 그럼?"

"그러니까 모레 사육장으로 옮겨야지!"

"계속 여기 두면 안 될까?"

"그건 안 되지. 여기는 대문도 없고 남장도 없는 외딴집이잖아? 소사 아저씨도 하루 종일 집을 비우고. 학교 사육장이 오히려 안전해! 아저씨가 있으니까."

소사 아저씨가 학교에 있다고는 해도 24시간 먼데이를 지켜볼 수는 없는 일이었다. 이런저런 학교 잡일이 많아 사육장에만 신경 쓸 입장이 아님을 은비는 잘 알고 있었다. 아빠로부터, 이상택 패거리로부터 먼데이를 지키는 일이 쉽지 않아 보였다. 자꾸 불길한 예감이 들었다. 불안했다.

"집에 가면 나, 아빠한테 죽도록 혼날 텐데. 가기 싫다!"

집에 갈 일이 또 걱정이었다. 이래저래 걱정 근심이 꼬리에 꼬리를 물었다. 올해는 참 일이 이리 꼬이고 저리 꼬이고, 완전 꽈배기 인생이었다. 후후! 생각할수록 헛웃음이 나왔다.

먼데이가 또 넘어졌다. 진석이가 일으켜 세우려고 먼데이의 배를 잡았다. 얼른 말렸다.

"그대로 둬봐! 혼자 일어서게. 혼자 힘으로!"

잠시 지켜보았다. 먼데이는 혼자 힘으로 일어서려고 안간힘을 썼다. 하지만 대여섯 차례 그러다가 그대로 주저앉고 말았다. 힘이 다 빠진 모양이었다.

진석이와 함께 먼데이를 마루로 안고 가서 먹이를 먹였다. 걷기 연습을 하느라 배가 고팠었는지 꽤 많이 먹었다. 먹이를 다 먹이고 나서 마루 밑 임시 잠자리에 넣고 감기 들리지 않도록 지푸라기를 두툼히 덮어주었다. 그리고 마루 난간에 나란히 앉아 잠시 쉬었다. 마당으로는 땅거미가 스멀스멀 기어들고 있었고 멀리 성불산 위에는 꽃분홍 저녁노을이 곱게 번지는 중이었다.

은비와 진석은 얼마간 말없이 노을을 감상하다가 가만히 일어났다.

"먼데이, 잘 있어! 내일 또 올게."

"매일 30분씩 걸음마를 시킬 테니까 각오해, 먼데이!"
말귀를 알아들었는지 먼데이가 고개를 흔들었다. 어느새 꽃분홍 노을이 다 지고 하늘은 어두워져 있었다. 까만 하늘에 별이 하나둘 떠올랐다. 쌀쌀한 날씨였다.

진석이 자전거 뒤에 타고 교문 앞을 통과하며 학교를 뒤돌아보았다. 텅텅 빈 운동장, 어둠에 잠긴 2층 건물. 몇 달만 지나면 여길 떠나야 되겠지! 금방 흘러버린 3년이었다. 회상해보니 후회스러웠던 일, 창피했던 일, 어리석었던 일이 고구마줄기처럼 줄줄이 끌려나왔다. 사춘기 시절의 학창 생활이라서 그런지 좋은 추억은 거의 없었다. 그래도 막상 떠난다고 생각하니 낡은 학교가 정겹게 보였다. 1학년 때의 교실, 2학년 때의 교실, 3학년 때의 교실을 차례로 바라보는 중에 자전거가 광전교를 통과해 찻길로 올라서느라 심하게 덜컹거렸다. 그 순간 은비는 반사적으로 진석이의 허리춤을 좀 더 세게 쥐었다. 솔직히 진석이에 대한 자신의 마음이 대체 어떤 건지 알쏭달쏭했다. 좋아하는 것 같기도 하고 아닌 것 같기도 하고. 헷갈렸다.

"진석아, 배고프지? 우리 별미분식에서 떡볶이 먹고 가자."

감물 우체국까지 내처 달려 바로 앞 골목 초등학교 입구에 있는 별미분식으로 들어갔다. 면사무소가 있는 광전리에 하나밖에 없는 분식집이었다. 라면을 먹고 있던 1학년 후배 여학생 두 명이 알아보고 인사를 건넸다. 손을 가볍게 들어 인사를 받은 뒤 자리를 잡고 앉아 떡볶이 2인분을 시켰다. 오래 기다리지 않아 떡볶이가 나왔다. 불그스름하고도 푸짐하니 먹음직스러웠다. 보자마자 입안에 군침이 가득 고여 저수지가 되었다.

집에 가면 욕만 얻어먹지 밥은 못 얻어먹을 것 같다는 생각에 은비는 부지런히 퍼먹었다. 진석이도 배가 많이 고팠던지 잘도 먹었다. 금세 떡볶이가 바닥이 났다. 아무래도 1인분씩 더 먹어야 할 것 같았다.

"우리 떡볶이 1인분씩 더 먹을까? 아니면 라면 먹을까?"

"라면!"

"아줌마, 여기 라면 둘 추가요."

위가 작아서 라면 반 개가 딱 좋은데 진석이에게 반을 덜어줄 생각으로 두 그릇을 시켰다.

후배 아이들이 나가고 나서 곧 라면과 깍두기 반찬이 나왔다.

"자! 진석아, 내가 좀 덜어줄게. 많이 먹어!"

"왜? 누나가 다 먹지!"

"아냐. 난 다 못 먹어!"

뿌연 김이 모락모락 피어오르는 라면 그릇에 젓가락을 막 넣었을 때였다. 출입문이 열리고 누군가가 안으로 들어오는 기척이 났다. 전혀 신경 쓰지 않고 면발을 들어 올려 입으로 가져가는 중에 귀에 익은 목소리가 들렸다.

"어쭈! 이것들 봐라!"

이상택이었다. 그런데 이상택 혼자가 아니었다. 그의 뒤로 똘마니 세 명이 더 들어와 모두 네 명이었다. 다 3학년들이었다.

"원수는 그, 저, 뭐냐? 통나무다리에서 만난다더니, 아주 오늘 졸라 잘 만났네."

"상택아, 신나게 몸 좀 풀어봐! 네 특기인 들배지기 한 번 맛 보여줘!"

"복수혈전 비됴 아쌀하게 나오겠다, 상택아!"

반달곰 같은 놈들 네 명이 식탁으로 어슬렁어슬렁 다가와 빙 둘러섰다. 그렇게 포위를 해놓은 뒤, 하나같이 주먹을 움켜

쥔 채 개다리를 떨고 턱을 주억거리면서 은비와 진석이를 내려다보았다. 라면 가락을 입에 문 상태에서 심상치 않은 기운을 느낀 진석이는 고개를 들지 않고 눈동자만을 좌우로 빠르게 돌려 상대의 인원을 파악했다. 손바닥만 한 분식집에 일촉즉발의 전운이 짙게 감돌았다.

가위 바위 보

기쁜 일이 있었다. 바로 '먼사모'였다. 먼데이를 좋아하는 아이들이 사육장 앞에서 자주 얼굴을 맞대다 보니 자연스럽게 결성된 '먼데이를 사랑하는 아이들의 모임'이었다. 은비와 진석이를 포함해 모두 아홉 명이었다. 아홉 명의 회원들은 여학생 다섯 명, 남학생 네 명으로 투표를 해서 은비가 회장을 진석이가 부회장을 맡게 되었다. 그리고 일주일에 한 번씩 회의를 열어 먼데이에 관한 모든 사항을 논의해서 결정하기로 약속했다. 소심한 성격이었던 탓에 여태껏 학급에서 분단장도 한 번 못 맡았었는데, 먼데이 덕에 동아리 모임의 회장까지 되다니. 은비는 은근히 가슴이 두근거렸다.

"와! 어제보다 더 나아졌어! 이만큼이나 걸었어."

먼사모 회원 아이들이 환호성을 내지르며 손뼉을 쳤다. 교실 복도에서 또는 밖에 나와서 지켜보던 다른 아이들도 모두 박수로 먼데이를 격려했다. 선생님 몇 분도 교무실 복도에서 내다보고 함께 박수를 쳐주었다. 먼데이가 어제보다 두어 걸음이나 더 떼어놓은 것이었다. 오른 다리가 잘려 오른쪽으로 기우뚱거리기는 했지만 자세도 대체로 바른 편이었다. 다리에 힘이 점점 붙고 있는 게 분명해 보였다. 매일 30분씩 학교 뒷마당에서 걸음마 훈련을 시킨 결과였다.

"이렇게 일주일만 더 연습시키면 혼자서도 걸을 수 있겠다."

"그래! 그럴 것 같아. 뒤뚱거리기는 하겠지만 가능하겠어! 오늘은 그만하자."

먼데이를 사육장에 넣고서 오후 수업을 받으러 각자의 교실로 들어갔다.

날짜는 잘도 흘러 금방 일주일이 지났다. 예상대로 먼데이는 혼자서 5미터 정도는 쉬지 않고도 걸었다. 먹이도 가리지 않고 잘 먹어서 키도 좀 크고 몸무게도 더 늘어났다. 은비는 먼사모 회원들과 함께 먼데이의 신체 발달 상황을 꼼꼼히 기록했다. 다른 특징들도 빼먹지 않고 다 적었다. 사진도 그날그날 찍어두었다.

방과 후에 회의를 하기 위해 아홉 명이 우르르 별미분식집으로 몰려갔다. 총회원 수에 3인분을 더해 모두 12인분의 떡볶이를 시켰다. 그리고 주인 아줌마에게 앞으로 일주일에 한 번씩 모두 와서 회의를 열 거라고 말했다. 그러자 주인 아줌마는 좋아서 입이 함지박만큼 벌어졌다. 지난번 싸움이 있었던 날, 부서진 식탁과 의자를 보고 울상을 짓던 모습이 떠올라 은비와 진석이는 소리 없이 웃었다.

그날, 이상택은 라면을 한 젓가락 건져 올려 입에 물고 있는 진석이의 뒤통수를 다짜고짜 후려쳤다. 그 바람에 진석이는 그대로 라면 그릇에 코를 박았다. 진석이가 즉시 자리를 박차고 일어나려고 애를 썼으나, 똘마니 두 명이 팔 한쪽씩을 잡아서 뒤로 비틀고 어깨를 찍어 눌러 꼼짝하지 못했다. 덫에 걸린 산토끼나 마찬가지였다. 그 틈을 타서 이상택은 마음 놓고 진석이를 두드려 팼다. 주먹으로 진석이의 목덜미, 등, 허리, 옆구리를 마구 강타했다.

"진석이 너 이 새끼! 선배를 호구로 알아?"

"야, 이상택! 그만두지 못해?"

"조은비! 너는 얌전히 라면이나 처먹고 있어! 이따가 내가 따로 손봐줄 테니까!"

은비가 나서자 이상택은 더 세게 진석이를 때렸다.

"비겁하게 그게 뭐야? 여럿이서 한 명을. 싸우려면 남자답게 일대일로 싸워봐!"

"이건 싸우는 게 아니라 선배가 후배를 너무나도 사랑해서 어루만지는 거야. 사랑의 마사지라고도 하지. 너도 마사지 좀 해줘? 크크!"

"흐흥! 핑계는! 일대일로 싸우면 질까 봐 겁나서 그러지? 아니야?"

"뭐? 내가 이 멍청이 돌부처를 겁낸다고? 와! 나, 멘붕 온다."

"아니야? 아니면 왜 일대일로 정정당당히 못 싸워?

정정당당을 들먹이자 이상택이 진석이를 때리는 동작을 멈췄다. 그러더니 주먹을 쥔 채로 고개를 획 돌려 은비를 노려보았다. 3, 4초간 매섭게 노려본 후 이죽거리며 물었다.

"정정당당히? 싸우는데 그런 게 어딨어? 무슨 수를 쓰든 이기면 되는 거지!"

그 말을 내뱉은 이상택은 더욱 흥분해서 미친 황소처럼 날뛰며 주먹을 휘둘렀다. 진석이의 머리며, 뺨이며, 턱에 무차별적인 공격을 가했다. 주방에 있던 아줌마가 뛰어나와 말렸으나 그치지 않았다. 진석이가 머리를 푹 숙이고 있어서 얼굴에 정통으로 맞지는 않았지만 그대로 놔뒀다가는 크게 다칠 위험이 컸다. 어떻게든 그치게 해야 했다. 소리를 꽥 질러 이상택을 불렀다.

"야, 이상택!"

"뭐야? 무릎 꿇고 빌래? 그러면 내가 마사지를 좀 살살해주고."

"너, 조금 전에 뭐라고 그랬어?"

금방 자기가 한 말을 잊어버렸는지 이상택이 멀뚱히 쳐다봤다. 은비는 우선 기억을 상기시키기로 했다. 헛기침을 한 번 하고서 퉁명스런 목소리로 물었다.

"무슨 수를 쓰든 이기기만 하면 되는 거라고 그랬지?"

"그래! 그게 내 신조다."

"신조? 좋아! 그러면 나는 이 수를 쓰겠다."

그 말을 마침과 동시에 은비는 라면 그릇을 들어 이상택의 머리에 엎어버렸다. 뜨거운 라면 국물이 이상택의 머리에 고스란히 쏟아져 얼굴을 타고 흘렀다. 그리고 라면 가닥은 앞이마에 들러붙어 노랗게 염색을 한 레게머리처럼 치렁치렁 흔들렸다. 덤으로 깍두기 그릇도 머리에 쏟아 부었다. 시뻘건 깍두기 국물이 이상택의 이마와 눈을 거쳐 뺨과 입으로 흘러내렸다.

라면 세례를 받은 이상택과 그의 두 똘마니가 주춤하는 사이 진석이가 벌떡 일어났다. 일어나자마자 손을 뒤로 비틀고 어깨를 찍어 누르고 있던 두 똘마니를 동시에 들어 식탁 위에 메다꽂았다. 식탁이 박살이 나는 소리가 미처 사라지기도 전에 진석이는 이상택의 가랑이에 손을 넣어 번쩍 들어올렸다. 들어 올려 어깨에 둘러메고 제자리에서 너더댓 바퀴를 도는 풍차

돌리기를 한 뒤 바닥으로 집어던졌다. 순식간에 일어난 일이었다. 그것을 본 나머지 똘마니 한 명은 겁에 질려 얼굴이 새파래지더니 꼬리 잘린 도마뱀처럼 줄행랑을 쳐버렸다. 먼저 쓰러져 있던 두 똘마니가 개떡처럼 늘어진 이상택을 부축해서 나가자 싸움은 끝이 났다.

"아줌마, 그날 미안했어요. 앞으로 정말 일주일에 한 번씩 회의하러 꼭 올게요."

"그래! 그래! 자, 맛있게 많이 먹어. 모자라면 더 줄게!"

각자의 접시에 떡볶이를 덜어 놓고 먹으면서 회의를 시작했다. 먼데이에 대한 이런저런 이야기를 자유롭게 나누다가 안건을 정했다. 먹이 문제였다. 이제 곧 겨울이 닥칠 텐데 어떻게 먹이를 마련하느냐에 대해 의견을 나누었다.

"11월 말까지는 지금처럼 먹일 수 있는데, 한겨울인 12월, 1월, 2월이 문제야."

"언니, 미리 많이 주워다가 저장해두면 돼요."

추위에 먹이가 어는 게 걱정이었다. 얼지만 않는다면야 배추 잎이며 무청이며 과수원에서 버린 과일 등을 얼마든지 주워다가 쌓아놓을 수 있었다. 들판에 버려지는 야채, 과일이 쌔고 쌨다. 배추와 무 등 농산물 값이 폭락을 한 해에는 아예 수확을 하지 않아 밭에서 그대로 썩어갔다.

"말려서 쌓아두고 조금씩 주면 되잖아요. 우리 집 송아지는 그러는데. 모자라면 사료를 한 포대 사다 먹이면 되고요."

아버지가 한우 사육을 한다는 1학년 남학생이었다. 사료에 대해 잘 알고 있었다. 눈동자가 맑고 목소리가 분명했다. 그러기로 합의를 봤다. 곧 집집마다 김장을 할 테니 그때 배추 잎이나 무 잎을 거두어다 학교 뒷마당에서 말리기로 했다. 그리고 송아지 사료도 한 포대 사서 섞어주기로 결정을 내렸다.

본격적으로 떡볶이 먹기가 시작되었다. 완전 먹기 시합이었다. 은비만 제외하고 다들 먹성이 좋아 떡볶이 12인분을 마파람에 게 눈 감추듯 해치웠다. 종이컵에 어묵 국물을 담아 건배를 하고서 헤어지기로 했다. 진석이가 아줌마한테 어묵 국물을 한 그릇 얻어다가 각자의 종이컵에 조금씩 따라줬다. 그러고 나서 막 컵을 들려는 참에 누군가가 입을 열었다.

"저, 다른 의견이 하나 있는데요."

구석에 가만히 앉아 떡볶이만 먹던 2학년 여학생이 아이들의 눈치를 살폈다. 수줍어서 볼이 발그레해졌다.

"먼데이 말이에요. 다리 하나가 없잖아요?"

무슨 말을 하려는 것인지 추측 불가였다. 은비가 의아해하며 물었다.

"그래! 그게 뭐?"

"다리가 세 개니까 잘 못 걷고 보기도 흉하잖아요? 다릴 만

들어주면 안 돼요? 사람도 다리 하나 없으면 만들어서 끼우잖아요? 의족 말이에요."

"맞아, 맞아! 그런 방법이 있구나."

"사람은 그렇지만 산짐승인 먼데이도 그럴 수 있을까?"

된다, 안 된다로 의견이 나누어졌다. 한참 동안 토론을 벌였으나 쉽게 결론을 낼 수가 없었다. 은비는 한번 해보고 싶었다. 의족을 만들어서 끼우면 먼데이의 걸음걸이가 훨씬 더 안정될 것이라는 확신이 섰다.

"못할 것 없지! 일단 먼데이가 넘어지지는 않을 것 아냐? 한번 해보자. 근데 그 의족이 얼마나 하려나?"

"나무로 깎아 만들 테니, 뭐 얼마 하겠어? 기껏해야 5만 원? 아님 수공비까지 합해서 10만 원? 나무토막 요만큼만 있으면 되니까."

직접 만들어서 달아주자는 의견도 나왔다. 그것 때문에 또 한참 토론이 벌어졌다. 의족이 단순히 나무막대기를 달아주는 게 아니다, 고무줄로 동여매주면 피가 통하지 않아 오히려 다리가 썩게 될 것이다, 차라리 조그마한 바퀴를 달자, 등등 별의별 의견이 다 나왔다. 그 때문에 침이 공중으로 마구 날아다녀 식탁 위에 뿌연 물안개가 끼었다. 그대로 두었다가는 밤을 새울 것 같았다.

"그만! 그만! 내가 내일 학교에서 인터넷 검색으로 자세히 알아볼게. 그러고서 알려줄게. 자, 이제 우리 건배하자. 잔 들어!"

은비를 따라 모두 종이잔을 높이 치켜들었다. 조금 전 설전을 벌였던 것과는 달리 마치 무슨 출정식이라도 하는 것인 양, 제법 결의에 찬 표정들이었고 분위기가 엄숙했다.

"우리 먼사모의 발전과, 에―! 단합을 위하여!"

회원들과 헤어진 은비는 기쁜 마음으로 집으로 향했다. 든든한 후배들이 많이 참여해주어 기분이 너무 좋았다. 발걸음이 새털보다 가벼웠다. 첩첩산중의 시골 학교 아이들이라고 얕잡아보고 스스로도 늘 의기소침해 있었는데, 생각할수록 마음이 흐뭇했다. 천군만마의 지원군을 얻은 기분이었다. 백짓장도 맞들면 낫다더니, 그 말이 쉽게 이해가 되었다. 여럿이 힘을 합하고 생각을 모아 함께 같은 일을 한다는 게 그렇게 즐거운 것인지 은비는 예전엔 미처 몰랐었다.

"누나, 괜찮아? 누나 아버지 말이야? 저번에 누나 혼나는 거 담 밖에서 들었어."

"집이 완전 시베리아야. 찬바람 쌩쌩! 얼음 꽁꽁!"

그렇잖아도 집에서는 얌전히 자기 방에 틀어박혀 있었다. 나 죽었소, 하고 입도 뻥긋하지 않았다. 그리고 딱히 할 말도 없었다. 엄마 아빠하고는 물론 동생하고도 말이 통하지 않았다. 차라리 입을 다물고 있는 게 나았다. 잘못하면 말싸움이 크게 번져 가뜩이나 썰렁한 집안 분위기를 더욱 꽁꽁 얼려놓을 위험이 컸다. 솔직히 집에 들어가고 싶지 않았다. 집에만 들어서면 숨이 막힐 듯 가슴이 답답하고 머리가 지끈거렸다. 방 한구석에 쪼그리고 앉아서 답답함을 없애려고 연거푸 한숨을 몰아쉬어도 가라앉지 않았다. 전에는 크게 문제되는 일이 없었는데 3학년 2학기에 들어서고 고등학교 진학 문제가 본격적으로 대두되자 자꾸 마찰이 생겼다. 거기에다 먼데이 문제까지 겹쳐져 사태를 악화시킨 것이었다.

다음날 학교 컴퓨터실에서 인터넷 검색을 했다. 의족, 의수 제품만 전문적으로 취급하는 회사의 홈페이지를 여러 곳이나 방문했다. 하지만 모두 사람의 의족, 의수만 취급하지 동물의 의족을 전문적으로 다루는 곳은 없었다. 고민을 하다가 동물 의족 제작 경험이 있다는 한 회사에 직접 전화를 걸어 상담을 받아보기로 했다. 먼데이에 대한 상세한 정보를 알려주고 가격을 물었다. 125만 원이라는 견적을 뽑아주었다. 놀라 입이 떡 벌어졌다. 카본이라는 특수 금속으로 뼈대를 만들고 겉은 생물체와 똑같은 인조 피부를 덮어 반영구적이라서 비쌀 수밖에 없다는 말이었다.

수업이 모두 끝나고 사육장 앞에 회원들이 다 모였다. 은비는 의족에 대해 자신이 알아본 내용을 상세히 설명했다. 예상을 다섯 배 이상이나 뛰어넘는 가격에 모두 놀라움을 금치 못했다. 입을 크게 벌린 채 아무도 말을 꺼내지 못했다. 사육장 안에 있던 먼데이가 절룩절룩 걸어 가까이로 다가왔다. 다가와서 먹이를 달라고 혀를 날름거렸다. 여느 때보다 더욱 측은해 보였다.

"누나, 돈을 좀 모아보지요."

2학년 남자애가 침묵을 깼다.

"모아? 우리가 무슨 돈이 있어? 있어봐야 5, 6천 원이지! 아홉 명이 다 모아도 5만 원도 안 되지. 만 원씩 낸다 해도 겨우 9만 원! 크게 잡아 2만 원씩 내면 18만 원이잖아?"

진석이가 고개를 저었다. 다른 아이들도 따라했다.

"없던 일로 하는 게 좋겠어, 은비 누나!"

아이들의 표정이 어두워졌다. 은비도 많이 아쉬웠다. 모르는 게 약이라고, 차라리 몰랐으면 덜할 텐데. 알고 났더니 먼데이에게 다리를 만들어주고 싶은 욕심이 점점 커졌다. 급기야는 꼭 해줘야 한다는 의무감마저 들었다.

"모금을 하면 어떨까요? 전교생한테 사실대로 말하고 협조를 구하는 거요."

"아, 그래! 솔직하게 말해보자!"

다음다음 날, 은비는 모금함을 들고 진석이와 다른 두 명의 먼사모 회원과 나란히 교문 옆에 서 있었다. 당연히 교감 선생님한테 허락을 받고서였다. 어제 아침 첫 수업 전에 각 학년당 두 개 반씩 모두 여섯 개 반을 돌면서 모금의 목적에 관한 자세한 설명을 마쳤었다. 여러 아이들 앞에 서서 말을 하는 게 떨리기는 했지만 진심을 담아 호소를 했었다. 등교하는 학생들이 1천 원, 2천 원, 많게는 3천 원씩 넣어주었다. 인상을 쓰며 그냥 지나치는 아이도 있었다.

"그깟 짐승새끼 다리를 만들어주려고 돈을 모금해?"

"모금함에 돈을 넣느니 차라리 찢어버리겠다."

뒤에서 손가락질을 하며 비아냥거리는 애들도 적지 않았다. 이상택과 그의 패거리가 그랬다. 그들은 여전히 은비와 진석이와 먼데이를 노리고 있었다. 특히 진석이에게 두 번이나 개망신을 당한 이상택은 도끼눈을 뜨고 한참 동안 째려보더니 이빨을 빠드득 간 뒤 지나갔다. 무슨 음모를 꾸미고 있는 눈빛이었다.

3일 동안 모금된 금액은 53만 원이 조금 넘었다. 그나마 그것도 선생님들이 1만 원, 2만 원씩 넣어주어서 모아진 금액이었다. 교감 선생님과 교장 선생님도 흔쾌히 참여했다. 더욱이 소사 아저씨도 선뜻 2만 원을 내주었다. 물론, 천하 만물 중에 인간 생명이 가장 고귀하다면서 무시하는 선생님도 서너 명 있었다. 생명이라고 다 똑같은 게 아니고, 생명에도 우선순위가 있다는 말이었다. 담임이 그중 한 명이었다.

"모든 생명이 다 등가적 가치를 갖는 게 아니야! 가치가 다르다고."

"헛된 측은지심이야! 어려움에 처한 사람들이 얼마나 많은데, 한낱 짐승에게……."

"그 돈으로 불우학우나 돕지 왜 쓸데없는 데다 돈을 쓰려고 해?"

그 선생님들은 그런 충고의 말을 건넸다. 무슨 일이든 반대하는 사람들이 있기 마련인가 보았다. 그런다고 물러설 수는 없었다. 은비는 자기가 하는 일이 옳은 일이라고 확신했다.

"누나, 이걸로는 많이 부족해!"

"그렇다고 모금 기간을 연장할 수도 없잖아? 3일 동안만 모금하겠다고 약속을 했는데. 그러니까 더 이상의 모금은 안 돼! 다른 방법을 좀 생각해보자."

며칠이 지났으나 방법이 생각나지 않았다. 아침밥을 먹는 둥 마는 둥 몇 숟가락 뜬 뒤 책가방을 메고 집을 나섰다. 느티나무 밑에서 진석이가 기다리고 있다가 자전거 뒤에 타라고 했다. 은비는 공영버스를 타고 간다며 거절했다. 학교에 갈 때는 길이 거의 오르막이라서 힘든 것을 알기 때문이었다. 괴산 장날도 아닌데 버스 안에는 마을 어른들이 많았다. 할머니와 아줌마가 다섯 명이나 앉아 있었다. 각자 농산물 자루를 하나씩 가지고서였다. 평일에는 좀체 볼 수 없는 광경이었다. 버스가 출발하고 하문리에 이르자 거기서도 어른들이 몇 명 올라탔다.

그게 끝이 아니었다. 그 이후 이담리, 백양리, 기타 다른 마을에서도 농산물을 든 어른들이 두세 명씩 꾸준히 올라탔다. 오늘이 장날인가? 내가 잘못 알았나? 다시 날짜를 따져보았다. 분명 장날이 아니었다.

면사무소 앞 버스 정류장에서 학생들이 우르르 내렸다. 그런데 거기서도 공영버스를 기다리고 있는 어른들이 꽤 됐다. 하나같이 손에 농산물 보따리를 들고서 수다를 떨고 있었다. 은비는 학교를 향해 몇 걸음 걸어가다가 어른들이 버스에 올라타며 하는 얘기를 얼핏 들었다. 그 순간, 머릿속에서 번갯불이 번쩍했다. 한 가지 떠오르는 방법이 있었다. 단번에 많은 돈을 구할 길은 오로지 그 방법뿐이었다. 가능성이 그다지 높지는 않지만 전혀 없지도 않았다. 해볼 만했다. 학교 앞에 놓인 광전교 입구에 서서 진석이가 오기를 기다렸다. 이제 진석이한테 모든 기대를 걸어야 했다. 진석이 어깨에 먼데이의 운명이 달린 것이었다. 진석이가 마지막 희망이었다. 구원의 등불이었다.

자신 있다고 나선 사람이 모두 스물네 명이나 되었다. 열두세 살 초등생부터 일흔이 넘은 할아버지까지 연령대도 다양했고 키, 덩치, 생김새, 옷차림 또한 각양각색이었다. 참가번호 14번인 은비는 횡렬로 늘어선 모든 선수들 중 가운데쯤에 서 있었다. 작전을 짜서 아침, 점심을 다 굶고 출전한 것이었다. 긴

탁자 위 직사각형 대나무 바구니에는 길이가 한 뼘이나 되고 굵기가 손가락 두 개 굵기와 맘먹는 인삼이 스무 개씩 담겨 있었다. 잔뿌리를 깔끔하게 다듬은 것들이 수북하게 쌓여 높이가 산봉우리만 했다.

"자, 그럼 이제 본 축제의 하이라이트인 인삼 많이 먹기 대회를 시작하겠습니다. 출전하신 선수들은 입 운동을 좀 해주세요."

괴산군의 이웃인 증평군에서 해마다 늦가을에 열리는 증평 인삼골 축제였다. 농산물 직거래 장터까지 열리고 있는 보강천 체육공원에는 몰려든 사람들로 미어터질 지경이었다. 오뉴월 못자리 논의 올챙이 떼처럼 빠글빠글했다.

"준비되셨지요? 앞에 놓인 바구니 속 인삼을 5분 안에 누가 더 많이 먹느냐로 승부를 가리는 겁니다. 참고로 작년에 우승하신 아주머니는 모두 스물한 뿌리를 드셨습니다. 올해는 8번으로 참가를 하셨군요."

관중들의 시선이 일제히 8번 선수에게로 쏠렸다. 은비도 곁눈으로 8번 선수를 쳐다보았다. 사십대 중반 아주머니로 덩치가 어마어마해 백두급 씨름선수보다 더 컸다. 은비의 세 배가 넘는 몸집이었다. 앞이 캄캄했다. 바구니 속에 든 인삼 한 뿌리가 김장 무 크기로 보였다. 앞쪽에서 진석이와 먼사모 회원들이 지켜보고 있었으나 별 도움이 되지 못했다. 진석이가 자꾸 원망스러웠다.

　이틀 전, 진석이에게 증평 인삼골 축제의 인삼 많이 먹기 대회에 나가라고 건의했을 때 진석이는 손을 내저었다. 못 들을 말을 들었다는 듯 진저리를 치며 거절했다.

　"나, 인삼 못 먹어, 누나! 인삼의 인 자만 들어도 토해!"

　"왜? 인삼하고 원수졌니?"

　"어렸을 때, 나 몸 약하다고 엄마가 인삼 녹용을 강제로 막 먹였어. 그 자리에서 다 토했어. 차라리 라면을 먹는 대회라면 몰라도 인삼은 죽어도 못 먹어!"

　진석이가 오만상을 짓고 고개를 절레절레 흔들었다. 정말로 인삼하고는 상극인 것 같았다. 진석이가 유일한 희망이었는데, 큰일이었다. 비상사태였다.

　"그럼 어떡하니? 나도 인삼은 쓰고 아려서 못 먹는데? 냄새도 싫고."

　"다른 거 상금 걸린 건 없어?"

　"인삼품평대회가 있지만, 그건 우리한테 해당되는 게 아니잖아?"

　기대가 크면 실망도 크다고. 아빠가 내뿜은 담배연기처럼 마지막 희망은 그렇게 금세 사라지고 말았다. 먼사모 회원 그 누구도 인삼을 좋아하는 아이가 없었다. 꼴찌를 해도 좋다고, 일단 나가보라고, 아무리 어르고 달래도 나서질 않았다.

"그러면, 내가 나가볼게. 아무것도 안 하고 있는 것보단 나을 테니!"

명색이 회장인데 가만히 있을 수는 없었다. 그리고 도전해보기도 전에 미리 포기하는 것은 무책임하고 비겁한 짓이라는 생각이 들었다. 회원들이 역시 회장답다며 열심히 응원을 하겠다고 말했다. 하지만 은비는 영 자신이 없었다. 억지로 네다섯 개는 먹을 수 있을는지는 몰라도 그 이상은 무리였다. 그것도 모르고 아이들은 최선을 다하면 3등은 할 수 있다며 손가락 세 개를 펴보였다.

드디어 시작 신호가 울렸다. 후다다닥! 선수들이 일제히 인삼을 먹기 시작했다. 그야말로 허겁지겁 게걸스럽게 먹어댔다. 순식간에 열 개씩을 먹어 치웠다.

"정확히 5분입니다. 한 조각도 흘리지 말고 깨끗하게 드셔야 됩니다."

초반에는 실력이 엇비슷했다. 하지만 바구니 속의 인삼 수가 줄어들수록 차츰차츰 격차가 나타났다. 3분이 지나자 선수 반이 포기하고 떨어져 나갔다. 그리고 다시 1분이 지나자 남은 선수의 반이 또 떨어져 나갔다. 겨우 여섯 명만이 살아서 경기를 계속했다. 은비도 용케 살아남았다. 그러나 제정신이 아니었다.

열다섯 개를 먹었더니 배가 터지기 일보 직전이었다. 고무풍선에 최대치의 바람을 불어넣은 꼴이라 숨도 쉴 수 없었다. 인삼이 통나무 크기로 보였다. 그래도 한 개를 더 집어 들었다. 토할 것 같아 입을 벌리지는 못하고 인삼을 입술 사이로 조심스레 밀어 넣었다. 앞 이빨로 세 번을 끊어 겨우 목구멍으로 넘겼다. 다시 열일곱 번째 인삼을 집어 들었다. 좀 전과 같은 방식으로 입안에 구겨 넣고 두 번만 씹은 뒤 억지로 삼켰다. 그러는 사이 한 명 한 명 포기해 마침내 세 명이 남았다.

"현재 최종적으로 세 명이 남아서 인삼을 깨물어 자시고 계십니다. 작년에 우승하셨던 8번 아주머니가 현재 1위로 한 개를 남겨놓은 상태고, 11번 아저씨가 2위로 두 개를, 그리고 다크호스로 등장한 14번 여학생이 3위로 세 개를 남겨놓고 있습니다. 이제 남은 시간은 불과 19초입니다."

8번 아주머니가 마지막 인삼을 손에 들고 숨을 몰아쉬었다. 11번 아저씨는 우거지상을 지으며 열아홉 번째 인삼을 씹고 있었다. 은비는 손을 뻗어 열여덟 번째 인삼을 잡았다. 이제 인삼 크기가 전봇대만 하게 보였다. 도무지 더 이상은 먹을 자신이 없었다. 뱃속은 물론 목구멍까지 인삼이 꽉 차 집어넣을 공간이 전혀 없었다. 콩알 한 개 들어갈 틈도 없었다. 진석이와 먼사모 회원들이 파이팅을 크게 외쳤다.

"파이팅! 조은비!"

"조은비, 파이팅!"

그래! 하면 된다! 정신일도 하사불성! 눈을 감았다. 정신을 집중하고 자기최면을 걸었다. 인삼이라고 생각하지 않기로 했다. 이건 인삼이 아니야! 인삼이 아냐! 빼빼로 과자야! 빼빼로 과자! 속말을 중얼대면서 입술을 동그랗게 한 다음 그 사이로 세게 밀어 넣었다. 그러고는 똑똑똑 끊고서 꿀꺽 삼켰다. 그런 식으로 해서 열여덟, 열아홉 번째 인삼도 먹어치웠다. 기적이었다. 이제 하나가 남았다. 그러나 8번 아주머니는 한 개를 더 추가해 스물한 번째 인삼을 먹는 중이었다. 그리고 11번 아저씨는 스무 번째 인삼을 입에 문 채 씹지 못하고 있었다.

은비는 손가락을 하나 들어 보여 인삼 한 개를 추가했다.

"어? 지금 다크호스 여학생이 손가락을 들어서 인삼 한 개를 추가 신청했습니다. 현재 상태로 보아 무리한 신청이 아닌가, 생각됩니다만 가져다 주기로 하겠습니다."

바구니에는 스무 번째 인삼과 추가된 스물한 번째 인삼이 나란히 놓여 어서 먹어주기를 기다렸다. 다시 눈을 감고 정신을 집중하고 좀 더 강한 자기최면을 걸었다. 나는 3일이나 굶어서 배가 너무 고파! 그런데 앞에 가느다란 빼빼로 과자가 놓여 있어! 하지만 사람들의 응원 소리, 고함 소리, 환호 소리에 도무지 정신 집중이 되지 않았다. 눈을 떴다. 그 잠깐 사이 두 개의 인삼은 점점 굵어져 이담 저수지 언덕에 서 있는 아름드리 소나무만 해졌다. 두 아름이나 되는 백양리 소나무로 보였다. 눈을 서너 차례 끔뻑거리고 다시 봐도 마찬가지였다.

"이제 8초 남았습니다."

관중들이 큰소리로 7초, 6초, 5초. 카운트다운을 세었다. 은비는 차라리 남은 인삼 두 개를 보지 않기로 하고 눈을 질끈 감았다. 그와 동시에, 먼데이야! 내 아가야! 나한테 힘을 줘! 속으로 외치고서 동시에 두 개를 한꺼번에 집어 들어 입에 쑤셔 넣었다. 그러고는 털보 아저씨를 그 지경으로 만든 악랄한 범인들의 손가락이라 생각하고 우적우적 씹었다. 하지만 인삼이 너무 굵어서 잘 씹어지지 않았다. 마치 소나무 가지를 씹는 느낌이었다. 그래도 턱에 온 힘을 줘서 꽉꽉 씹었다.

"4초, 3초, 2초, 1초! 땡!"

"네, 그만입니다. 멈춰주세요. 세 분 그대로 이리 오세요."

사회자 겸 심판이 세 선수를 불러 모았다. 셋이 나란히 섰다. 은비는 인삼이 넘어오려고 해 입을 꾹 다물고 가만가만 숨을 쉬었다. 윗배가 볼록 튀어나와 옷 속에 큼지막한 바가지를 엎어놓은 형상이었다.

"여러분! 조용히 해주세요. 판정을 내리겠습니다."

장내가 조용해졌다. 얼음물이라도 끼얹은 듯 숨소리 하나 나지 않았다.

"세 선수 다 바구니에는 인삼이 한 개도 없습니다. 텅텅 비었습니다. 먼저 11번 아저씨, 마지막 스무 번째 인삼을 다 드시지 못하고 아직도 입에 반을 물고 계십니다. 그러니까 3등이십니다. 상금 10만 원과 고급 인삼 한 바구니를 드리겠습니다."

박수와 환호가 이어졌다. 이제 관중들의 시선은 8번 아주머니와 14번 은비에게 집중되었다. 서로들 8번이 우승이다, 14번이 우승이다, 떠드느라 장내는 다시 소란스러워졌다. 사회자가 고개를 갸웃갸웃했다.

"이거 참 곤란하게 됐습니다. 두 분이 똑같이 스물한 개를 먹어치우셔서 공동 우승인 것 같은데, 어떻게 해야 할까요? 한 개씩 더 먹게 하는 일대일 데드매치를 해서 우승자를 확실히 가릴까요? 아니면 그냥 공동 우승으로 할까요?"

관중들이, 데드매치로 확실히 가려라, 공동 우승으로 해라, 또 소리를 질러댔다. 한쪽에서 나이가 많은 사람을 우승자로 하라는 말이 들렸다. 그러자 다른 쪽에서는 체중이 적게 나가는 사람을 우승자로 해야 한다고 소리쳤다.

"참고로 2등인 준우승 선수에게는 상금 30만 원에 고급 인삼 한 바구니가 부상으로 주어집니다. 그리고 1등인 우승 선수에게는 상금 50만 원에 역시 고급 인삼 한 바구니가 부상으로 주어지지요. 그런데 공동 우승으로 하면 남은 상금 80만 원을 반씩 나눠 40만 원씩 갖게 되는 겁니다."

경기장이 와자지껄하니 마치 도떼기시장처럼 시끄러웠다.

"그냥 가위 바위 보로 혀!"

"그려! 그게 낫겄어!"

간단하게 가위 바위 보로 결정하라고 누군가가 크게 외쳤다. 그 말에 동조하는 사람들이 꽤 많았다.

"좋습니다. 그럼 가위 바위 보로 결정하겠습니다. 단 딱 한 판입니다. 한 판으로 우승자가 가려지는 겁니다. 자, 두 분 마주 보고 서서 준비하세요."

뚱보 아주머니와 마주 보고 서자 은비는 가슴이 두근거리고 등줄기에 식은땀이 흘렀다. 그러나 뚱보 아주머니는 아주 느긋한 표정이었다. 자신이 우승하리라고 확신하고 있는 눈빛이었다. 입가에는 살짝 비웃음까지 띠고 있었다.

"자, 준비되셨죠? 딱 한 판입니다."

은비는 눈을 감았다.

"이제 관중 여러분이 가위 바위 보를 크게 외치면 두 분이 동시에 손을 내밀어주십시오. 보! 하는 순간에 정확히 내밀어야 합니다."

대체 무엇을 내야 하지? 바위? 아니, 가위? 아니, 보? 결정할 수가 없었다. 결정을 내린다는 게 이렇게 어려울 줄이야! 갈등이 파도처럼 일렁였다. 초조함과 불안감에 오줌을 다 지렸다.

"관중 여러분, 외쳐주세요!"

사회자의 말이 떨어지자마자 관중들이 일제히 외치기 시작했다.

"가위! 바위! 보!"

관중들의 외침이 끝나는 순간 은비는 보를 내고 말았다. 그래 놓고 졌다는 예감이 들어 눈을 더욱 꼭 감았다.

"이겼다!"

"조은비, 만세!"

놀랍게도 자신의 이름이 들리자 은비는 자기 귀를 의심하며 두 눈을 살며시 떴다.

회원들이 우르르 달려 나와 은비를 번쩍 들어 올려 헹가래를 쳐줬다. 헹가래를 치는 내내 은비는 배가 울렁거리고 속이 뒤집혀 먹은 인삼이 목구멍으로 줄지어 올라왔다. 손으로 얼른 자기 목을 눌러서 토하는 걸 막느라 눈알에 핏줄이 서고 얼굴이 태양초 고추처럼 시뻘게졌다.

나뭇잎처럼

    뜻하지 않게 인삼 많이 먹기 대회에서 우승을 차지하고 상금을 타 은비는 며칠 동안 기분이 좋았다. 어제는 서울에 있는 의수의족 제작 전문회사에서 연구실장이라는 사람이 내려왔다. 그 사람은 먼데이의 상태를 꼼꼼히 살펴본 뒤 치수를 정밀하게 재가지고 올라갔다. 소형 의족이니까 제작기일이 그리 많이 걸리지 않는다는 말을 남긴 채. 은비와 먼사모 아이들은 하도 기뻐 서로를 부둥켜안고 깡충깡충 뛰었다. 한껏 기대에 부풀어 가슴이 터질 지경이었다.

    은비는 교복을 차려입고 서둘러 집을 나섰다. 이제 기온이 많이 떨어져 아침에는 제법 쌀쌀했다. 고샅길을 빠져나가 마을 길로 올라섰다. 그때, 옆 고샅길에서 누군가가 불쑥 튀어나와 앞서 걸었다.

"어?"

김 씨 할아버지였다. 손에 투명 비료 포대를 들고 있었다. 그리고 그 속에서 무언가가 꿈틀거렸다. 아침 일찍 마을 주민 누구한테서 사가지고 나오는 모양이었다.

"할아버지!"

큰 목소리로 김 씨 할아버지를 불렀다. 할아버지가 걸음을 멈추고 뒤돌아섰다.

"그게 뭐예요? 그 비료 포대 속에 든 거요?"

"보면 몰라?"

김 씨 할아버지가 퉁명스레 되물었다. 새끼 담비 두 마리였다. 한눈에 봐도 귀하고 비싼 것이었다. 아무래도 털보 아저씨한테 들었던 멸종 위기종 같았다.

"그거 절대 잡으면 안 되는 담비잖아요? 두 마리씩이나? 제발 동물들 좀 그만 잡아먹어요! 너구리, 족제비, 청설모에 까마귀까지 잡아먹고. 할아버지 때문에 우리 동네 산에 동물들이 씨가 마르겠어요."

"어린 것이 얻다 대고 훈계여? 버르장머리 읎게."

김 씨 할아버지의 이마 주름살이 한꺼번에 뱀처럼 움직였다.

"그리고 저번에 우리 엄마한테 돌려받은 돈 40만 원 중에 20만 원 되돌려주세요. 20만 원 계약금 걸었으면 20만 원만 받지 왜 40만 원을 받은 거예요? 세상에 그런 법이 어딨어요?"

"뭐어? 이런 무식한 것 겉으니라구."

김 씨 할아버지가 얼굴을 붉으락푸르락하며 다가왔다.

"그러는 게 법이여, 이것아! 법대루 위약금을 달랬는데 그게 뭐가 잘못된 거여, 엉? 누구나 지켜야 허는 법이라구, 법!"

"할아버지는 그럴 때민 법 따져요? 그러민 야생동물을 마구 잡아먹는 건 야생동물보호법에 걸린다는 거 몰라요? 만약 한 번만 더 잡아먹으면 경찰서에 곧장 신고할 거예요. 신고를 해서 그동안 저지른 죗값을 톡톡히 치르게 할 거예요!"

은비는 물러서지 않고 따지고 들며 경찰에 신고하겠다고 엄포를 놓았다.

"어디 혀봐! 신고혀보라구. 내가 눈 하나 깜짝허나! 싸가지 없는 것이 식전 댓바람부터 으른을 불러 세워서……. 천하에 못된 것 겉으니라구!"

김 씨 할아버지가 두 눈을 부라리며 호통을 쳤다. 손을 들어 올려 뺨을 치려는 동작도 해보였다.

"할아버지 나빠요! 아주 못된 늙은이예요!"

그 말을 내뱉은 은비는 할아버지가 들고 있는 비료 포대를 잽싸게 낚아챘다. 그러고는 즉시 비료 포대를 거꾸로 들어 안에 든 담비를 길바닥에 쏟아버렸다. 그러자마자 미꾸라지처럼 김 씨 할아버지 옆을 빠져나가 힘껏 달려, 출발하려고 막 시동을 건 공영버스에 폴짝 올라탔다.

"저, 저, 저, 천하에 돼먹지 못한 계집을 보소, 동네 사람덜!"

김 씨 할아버지가 고함을 지르며 삿대질을 했다. 그러나 사방으로 달아나는 담비를 잡느라 뒤쫓아오지는 않았다.

은비는 자리에 앉아 까치고개를 살폈다. 하지만 진석이 모습은 보이지 않았다. 동네 사람들이 수군거린다고, 엄마가 함께 다니지 말라고 해서 따로 등하교한 지도 벌써 여러 날이 지났다. 뒤를 돌아다보았다. 고샅길에 시선을 두고 잠시 그대로 있었다. 진석이 엄마도 그 소문을 들어서 분명히 알고 있을 텐데! 그 아줌마도 한 성질 하는 사람이라, 마을길에서나 버스 안에서 진석이 엄마와 마주칠까 봐 늘 조마조마했다. 만나면 좋지 않은 소리를 할 게 틀림없었다. 마치 큰 죄를 지은 사람처럼 몹시 불안했다.

일주일 만에 다시 먼 길을 와주어 정말 고마웠네. 서울에서 두 시간 반이나 달려온 것이었다. 게다가 사정을 말하자 가격도 깎아주었다. 이번에도 출장비 청구를 안 한다고 했으니까 다 합하면 상당한 금액을 할인받은 셈이었다. 장사치들은 누구나 이익을 많이 남기기 위해 소비자를 속이는 줄로만 알았는데 양심적인 사람도 있었다. 장사꾼이 아니라 사랑을 나누는 진정한 사업가로 보였다. 먼사모 회원들과 다른 아이들, 그리고 교감 선생님을 포함한 몇 분 선생님들과 소사 아저씨가 지켜보는 가운데 박 실장님이 박스를 풀었다. 그는 의족 의수를 전문적으로 제작 판매하는 '휴먼하이테크'의 사장 겸 연구실장이었다. 머리칼이 온통 새하얘 함박눈이라도 뒤집어쓴 모양새였다. 나이도 교감 선생님보다 많아 교장 선생님과 비슷해 보였다.

"와우—!"

제품을 보자 모두의 입에서 동시에 탄성이 터져 나왔다. 똑같았다. 발목관절, 갈라진 발굽, 며느리발톱, 색깔은 물론 털까지 완벽했다. 누가 봐도 진짜 고라니 발로 착각할 정도였다.

"저번에 재간 신체 치수와 사진, 다른 자료들을 놓고 생각한 끝에 저희는 태어나 2년이 되는 시점으로 결정했습니다. 그러니까 이 먼데이가 2년 후 다 성장했을 때의 다리를 만든 것이지요. 그래서 지금의 왼쪽 앞다리보다는 길이도 조금 길고 굵기도 조금 굵습니다. 물론 나중에 다 커서 어른이 되면 왼쪽의 성한 다리와 길이가 얼추 같아져서 절룩이지 않을 겁니다."

자기 얘기를 하는 줄도 모르고 먼데이는 먹이를 먹느라 여념이 없었다. 입을 오물오물 움직거리면서 귀엽게도 먹고 있었다. 커다란 눈망울엔 사람을 경계하는 빛이 전혀 보이지 않았다.

드디어 먼데이에게 특별히 제작된 특수 의족이 끼워졌다. 박 실장님의 말대로 왼쪽다리보다 6센티미터 정도 길었다.

"멋지다, 먼데이!"

"학생이 저기 가서 먹이로 유인해봐요."

"먼데이, 이리 와봐!"

은비가 배추 잎을 하나 들고 저만치 걸어가서 부르자 먼데이가 절룩절룩 걸어왔다. 그렇게 먼데이를 먹이로 유인하며 뒷마당을 한 바퀴 돌았다. 걸음걸이가 부자연스럽기는 해도 넘어지지는 않았다. 거부반응을 보이지도 않았다.

"됐습니다. 이 의족은 한번 착용하면 일부러 잡아 빼지 않는 한 절대 빠지지 않습니다. 재질도 특수재질이라 반영구적입니다. 먼데이가 거부하지 않는 걸 보니 한 4, 5일 걷기훈련을 시키면 잘 적응할 것 같습니다."

"우리나라 의족 기술이 여기까지 와 있군요?"

"그렇습니다, 교감 선생님! 의족, 의수 기술이 날로 발전하고 있습니다. 일종의 로봇 다리와 로봇 팔인 셈이죠. 초정밀 고가품은 자연적인 팔 다리의 기능을 훨씬 능가합니다."

박 실장님은 국내 여러 동물원에서 의족을 만들어 끼워준 동물들의 사례를 소개해줬다. 얼룩말, 늑대, 사슴은 물론 거북이까지. 심지어 외국에는 코끼리나 기린도 의족을 착용하고 제2의 삶을 살고 있다며, 앞으로 더욱 늘어날 것이라는 전망을 밝혔다.

은비는 박 실장에게 고맙다고 몇 번이나 인사를 했다. 아이들도 따라서 머리를 깊이 숙였다. 먼데이도 크고 맑은 눈을 끔

삑거려 고마움을 나타냈다. 그리고 모두 두 줄로 죽 늘어서서 서울로 돌아가는 박 실장님을 배웅했다.

먼사모 회원이 세 명 더 늘어 모두 열두 명이 되었다. 세 명다 1학년들이었다. 매일 두 명씩 당번을 정해 먹이를 주고, 사육장 청소를 하고, 걷기 훈련을 시켰다. 하루하루 달라져가는 먼데이를 보는 건 아주 기쁘고도 즐거운 일이었다. 기쁜 일이 또 하나 생겼다. 엄마, 아빠, 담임의 반대에도 불구하고 원서를 접수한 충주생명과학고에서 합격통지서가 날아왔다. 먼데이의 관찰일기를 꼼꼼하게 써서 보낸 자료에 가산점이 붙어 합격한 것이었다. 게다가 장학생으로 선발되어 은비는 뛸 듯이 기뻤다. 하늘을 날 것 같은 기분이었다.

자기소개서를 쓸 때의 난감했던 순간이 옛일처럼 스쳐지나갔다.

성명 : 조은비 나이 : 16세
가족관계 : 아빠, 엄마, 남동생
취미 : 없음 특기 : 없음

취미란과 특기란에는 써 넣을 게 없었다. 딱히 내세울 것이 없었다. 거짓말을 해서라도 그럴 듯한 독서, 그림 그리기, 테니스,

피아노, 디자인 등을 써 넣을까 하다가 솔직하게 없다고 써버렸다. 더 큰 문제는 지원 동기란이었다. 앞이 캄캄했다. 단 한 글자도 못 쓰고 하루 이틀 날짜만 보냈다. 그러다가 마지막 날 겨우 '남보다 잘하는 게 아무것도 없으나 꼭 한 가지 동물을 누구보다도 좋아하고 사랑합니다.'라고 또박또박 써넣었다. 그리고 먼데이의 보호관찰일기를 사진과 함께 첨부했었다. 최종면접 시에도 거짓말을 하거나 과장하지 않고 사실 그대로 솔직하게 대답한 게 주효한 것 같았다.

그러나 합격을 그다지 기뻐하지 않는 사람들이 있었다. 엄마와 아빠 그리고 진석이었다. 장학생으로 선발되었다고 말하자, 엄마는 상당히 누그러졌으나 아빠는 여전했다. 아니, 오히려 더 심해졌다. 인삼 때문이었다. 나는 평생 구경도 못하는 고급 인삼을 그깟 고라니 새끼한테 먹여? 천하에 싸가지 없는 것 같으니라구! 그동안, 증평 축제에서 부상으로 타온 인삼을 갈아서 꿀에 재워 먼데이에게 먹인 게 탄로가 나고 말았다. 누구한테 전해 들었는지 그 사실을 알고 아빠는 노발대발했다. 애비를 개똥만큼도 여기지 않는다며 빗자루를 집어던지기까지 했다. 촉새 같은 은혁이가 학교를 오가는 길에 중학교 1학년들에게 들어서 전해준 것 같았으나 추측일 뿐이었다.

그날 이후 아빠는 은비를 쳐다보지도 않고 말을 하지도 않았다. 은비도 아빠에게는 입을 다물어버렸다. 시선도 주지 않왔다. 더욱이 아빠는 추수를 모두 마치고 농한기로 접어들자, 주동자가 되어 동네 아저씨 대여섯 명과 본격적인 밀렵을 하기 시작했다. 겨울철에 밀렵보다 더 좋은 일거리는 없다는 것이었다. 전문가가 아니라서 그다지 성과는 없었지만 이따금 너구리나 산토끼를 잡아오기도 했다. 너구리는 곧바로 김 씨 할아버지한테 팔고 산토끼는 요리를 해서 여봐란 듯이 동네 아저씨들이랑 술판을 벌였다. 기가 막히는 일이었다. 하지만 은비는 그저 인상을 찡그리는 것밖에 할 수 있는 일이 없었다. 그렇게 아빠랑 신경전을 벌이느라 둘 사이의 감정의 벽은 날마다 높아만 갔다. 서로 마음의 문을 굳게 닫고 열려고 하지 않았다.

먼데이는 의족에 제법 잘 적응해 조금씩 뛰기도 했다. 거금을 들여 다리를 만들어준 보람을 느꼈다. 그리고 그동안 틈틈이 먹이를 말려두어서 먹이의 양이 목표치에 근접했다. 겨울을 무난히 넘길 것 같았다.

"내일은 거적때기나 헌옷을 가져다 저쪽에 놓아두자! 날씨가 많이 추워져서 우리 아기 감기 들겠어."

"내가 애들한테 집에서 헌옷 좀 가져오라고 아까 벌써 말했어!"

"그랬어? 와우! 이제 뭐 척척이네?"

칭찬을 해주자 진석이가 쑥스러워하며 뒤통수를 긁었다. 사육장을 자물쇠로 잠그고 그 옆 창고로 들어갔다. 소사 아저씨가 망가진 책상을 고치고 있었다. 은비는 진석이와 함께 아저씨를 얼마간 도와주다가 그곳을 나왔다. 멀리 성불산 뒤로 연보랏빛 노을이 엷은 커튼처럼 펼쳐져 있었다. 바람이 불었다. 몸이 동그랗게 움츠러들었다.

"바람이 점점 세진다. 어서 가자!"

자전거 뒷자리에 앉아 진석이의 허리를 두 팔로 가볍게 안아 잡았다.

"진석아, 이번 일요일에 털보 아저씨 보러 충주 갈까?"

"좋아! 가보자. 궁금해!"

어서 빨리 중환자실에서만이라도 나와서 일반 병실로 옮겨졌으면 좋을 텐데! 가슴이 쓰렸다. 대부분의 다른 어른들은 더 못 잡아먹어서 안달이건만, 목숨까지 걸고 야생동물을 보호하려는 털보 아저씨의 의지에 머리가 숙여졌다.

그 시각, 학교는 텅텅 비어 있었다. 집으로 저녁밥을 먹으러 갔기에 소사 아저씨도 없었다. 저녁을 먹고 늦게 숙직을 하기 위해 돌아올 것이었다. 어둠에 덮인 학교는 너무나 조용했다. 이따금 나뭇가지를 스치는 바람 소리만 저승새의 휘파람 소리처럼 괴기스럽게 들릴 뿐이었다. 바람이 잠시 잠잠해졌다. 그때, 검은 그림자 넷이 학교 뒷담을 넘어왔다. 그러고는 빠르게 사육장으로 접근해갔다.

범인들은 이틀 만에 금방 잡혔다. 뻔뻔스럽게도 교실에서 태연히 수업을 받고 있었다. 이상택과 그의 똘마니 세 명이었다. 형사들에게 잡혀가면서도 그들은 서로 상대가 시켜서 한 일이라고 핑계를 댔다. 비겁한 놈들이었다. 누구보다 비겁한 건 바로 이상택이었다. 자기가 지시를 내린 게 아니라고 끝까지 오리발을 내밀었다. 불이 난 건 먼데이가 있는 사육장 좌측 벽면이었다. 하지만 불에 탄 건 학교 창고였다. 바람 때문에 불길이 창고 건물로 옮겨 붙은 것이었다. 사육장은 외벽 일부만 그슬렸을 뿐 별 피해가 없었다. 반면에 샌드위치 판넬로 지은 창고는 거의 반이나 타버렸다. 먼데이는 무사했다. 불길을 보고 119에 신고를 한 소사 아저씨가 득달같이 달려왔기 때문이었다.

"평생 나쁜 짓을 할 놈들이야!"

"반성도 할 줄 모르고."

"사람 성격은 쉽게 변하지 않는대! 죽을 때까지 간대!"

먼사모 아이들이 창가에 몰려서서 잡혀가는 이상택과 그의 똘마니들에게 욕설을 퍼부었다.

12월 둘째 주 금요일, 저녁때 별미분식에서 먼사모 긴급회의를 열었다. 열두 명 전체 회원이 빠짐없이 모였다. 네 개의 식탁을 붙여놓고 빙 둘러앉았다. 떡볶이와 어묵을 넉넉히 시킨 뒤 회의를 시작했다.

"먼저 차기 회장과 부회장부터 뽑겠습니다. 손을 들어서 의

사표시를 해주세요."

회장은 진석이가 만장일치로 뽑혔으나 부회장은 좀체 선출되지 않았다. 추천된 아이들 세 명이 차례로 소견을 말하고 거수를 몇 번이나 거듭한 끝에 1학년 여학생 손세림이 선출되었다. 얼마 전에 새로 가입한 학생으로 언젠가 도서관에서 혼자 책을 읽던 똘방똘방한 눈망울의 아이였다. 동그랗고 큼직한 눈이 아주 인상적이었다. 집은 매전리고 아버지가 양파 농사를 지으며 취미는 독서와 관찰하기, 장래희망은 생태학 박사라고 야무지게 자기소개를 했다.

"아, 기분 좋다! 불이 났는데도 먼데이가 조금도 다치지 않았고, 또 이렇게 차기 회장과 부회장이 뽑혀서 기분 짱이야!"

식탁 위에 떡볶이와 어묵이 푸짐하게 차려졌다. 아줌마가 덤을 듬뿍 주어 상다리가 휘어질 지경이었다. 그야말로 진수성찬, 임금님 수랏상이 부럽지 않았다.

"금강산도 식후경이랬지? 자, 먼저 배부터 채우고 나서 다음 이야기 하자!"

방앗간에 내려앉은 굶주린 참새 떼처럼 아이들은 재잘대면서 잘도 먹었다. 수다 떨기 시합장 같았다. 하지만 은비는 그런 모습이 싫지 않았다. 아이들의 수다를 들으며 지난 1, 2학년 때를 떠올렸다. 겨우 1, 2년 전이었는데 아주 먼 옛날 같았다. 아이들이 맛있다고 먹는 떡볶이를 은비는 손도 대지 않고 어묵 국물만 홀짝였다. 그러는 은비를 보고 앞에 앉은 1학년 후배가 망설망설하다가 물었다.

"언니, 떡볶이는 왜 안 먹어요?"

"나는 먹는 거라면 이제 완전 질렸어! 이 떡볶이가 다 인삼으로 보여."

"저번 인삼 많이 먹기 대회 정말 정말 멋졌어요."

아이들은 그 당시 얘기를 또 한참 동안 떠들었다. 내년에는 자기도 출전을 하겠다느니, 스무 개는 먹을 자신이 있다느니, 댄스경연대회도 있던데 거길 단체로 나가자느니 하면서 잠시도 입놀림을 쉬지 않았다.

식탁이 치워지고 먼데이의 겨울나기 준비 상황 점검에 들어갔다. 먹이는 충분히 확보되었고 보온용 헌옷도 넉넉했다. 겨울방학 동안에 먹이 당번과 청소 당번도 정했다. 그리고 회원들 간의 비상 연락망도 만들었다.

"한 가지 의견이 있습니다."

회의가 거의 끝나갈 무렵에 큰 목소리가 들렸다. 손까지 번쩍 들고서 모두를 둘러보았다. 새로 뽑힌 부회장 손세림이었다.

"무슨 의견?"

"저는 먼데이를 풀어줘야 한다고 생각합니다."

다들 놀라서 두 눈을 휘둥그렇게 뜨고 차기 부회장을 바라보았다. 은비와 진석이도 입을 헤벌린 채 그 아이의 얼굴에 시선을 두었다. 특히 은비는 차기 부회장의 황당한 주장에 어안이 벙벙했다. 내가 어떻게 지켜온 먼데인데? 엄마 아빠 동생이랑 싸워가며, 사악한 이상택과 그의 패거리들을 물리치고, 배가 터질 위험을 감수한 채 인삼을 무지막지하게 먹어서 지켜낸 먼데인데, 풀어주다니? 내가 낳은 아기나 다름이 없는데? 말도 안 되는 소리였다. 졸지에 자반뒤집기를 당한 기분이었다. 충격으로 뒤통수가 얼얼했다.

"왜?"

거친 목소리로 물었다.

"제가 전에 어느 책에서 봤는데요. 상처 입은 야생동물을 불쌍하다고 함부로 데려오면 안 된댔어요! 데려왔다 해도 치료를 해준 뒤 가능한 한 빨리 야생으로 돌려보내줘야 한댔어요."

"헐! 그런 게 어딨어?"

"돌려보내면 금방 죽을 텐데도 보내? 웃긴다."

이 아이 저 아이가 반박을 했다. 반박에 또 반박을 해 목소리가 점점 높아지고 침이 마구 튀어 총알이 날아다니는 것 같았다. 그야말로 침 튀기는 설전이었다. 한 치의 양보도 없었다. 선생님이 개입하지 않은 완전 자유 토론으로 여태껏 한 번도 보지 못한 광경이었다.

"가축이 아닌 야생동물을 사육장에 가둬놓고 기르는 건 할 짓이 아닙니다. 누가 우리들을 먼데이처럼 가둬놓고 가끔 먹이나 주면 좋겠습니까?"

"우리는 사람이고 먼데이는 가엾은 동물이잖아? 귀엽고 예쁘기도 하고. 그러니까 우리가 사랑으로 계속 보살펴줘야지!"

"저는 그건 사랑이 아니라고 생각합니다. 귀엽고 예쁘다고 데리고 있는 건 우리의 욕심이지요."

자기 부회장 손세림의 말을 듣자, 은비는 정수리에 망치로 맞은 듯한 큰 충격이 느껴졌다. 뇌가 한참이나 흔들렸다. 이이 이잉~! 경주로 수학여행 갔을 때 들었던 에밀레종 소리의 맥놀이 현상처럼 울림이 오랫동안 이어졌다.

"그게 왜 욕심이야? 사랑이지!"

"그럼! 그건 누가 봐도 확실히 사랑이야!"

1, 2학년들의 토론이 격렬해져 분위기가 험악해졌다. 하지만 은비는 가만히 듣고 있었다. 이제까지 전혀 생각해보지 못한 문제라 혼란스러웠다. 사랑인가? 욕심인가? 헷갈려서 쉽사리 결정을 내릴 수가 없었다.

"레알 깜놀이다. 죽을 걸 뻔히 알면서도 돌려보내라는 말이야? 말도 안 돼!"

"맞아! 솔까말로 그런 게 어디 있어? 그건 악마나 할 짓이지!"

"아니, 그건 자연의 선택이지요. 자연에는 우리가 모르는 더 큰 뜻이 있는 거라고 했습니다. 인간에게 너무 길들여져 야생성을 잃기 전에 돌려보내야 합니다."

사용하는 단어하며, 말투하며, 표정하며, 제스처하며, 전문가 빰을 쳤다. 도저히 중학교 1학년이라고는 믿기지가 않았다. 은비는 속으로 감탄을 거듭하면서 손세림을 뚫어져라 쳐다보았다. 그에 조금도 아랑곳 않고 차기 부회장 손세림은 혼자서 자기 의견을 열심히 피력했다. 대다수가 반대를 하는데도 소신을 굽히지 않았다. 얼굴이 벌게지도록 열변을 토했다. 책에서 읽은 내용을 단순 전달하는 것일 수도 있겠으나, 그 똑똑함과 야무짐이 놀랍다 못해 시기 질투가 일 정도였다.

"우리 먼사모 이름도 동사모로 바꿔야 합니다. 동물을 사랑하는 아이들의 모임으로요. 우리 주변에 여러 야생동물들이 있는데 먼데이만 사랑할 겁니까? 먼데이처럼 귀엽고 예쁜 동물만 사랑할 겁니까? 못생기고 징그러운 동물들은요?"

이번에는 몽둥이로 뒤통수를 얻어맞은 것처럼 눈이 번쩍했다. 외적 생김새가 어떻든 생명의 가치란 다 똑같다는 생각이 퍼뜩 들었다. 그동안 모습이 징그러운 지렁이, 굼벵이, 송충이, 노래기, 민달팽이, 거머리, 거미, 박쥐, 까마귀, 무당개구리 등등은 마치 못 볼 것이라도 되는 생명체인 양 외면을 했었다. 아름다운 자연에 그런 것들이 존재한다는 사실 자체가 모순이라고까지 여겼었다. 특히 학교를 오가며 농로에서 매년 한두 차례씩 만났던 뱀이 떠올랐다. 농로 가운데나 가장자리에 똬리를 틀고 고개를 든 채 갈라진 혀를 날름거리던 뱀. 너무 징그러워 보자마자 가슴이 덜컹하며 온몸에 소름이 끼쳤었다. 화가 머리 꼭대기까지 나서 막대기를 주워들고 사정없이 내리쳤었다. 돌아보니 자기는 동물 전체를 사랑하는 게 아니라 먼데이만을 사랑하는 20퍼센트짜리 불완전한 사랑이었다. 은비는 부끄러워서 애꿎은 뒤통수만 벅벅 긁었다.

"그러니까 제 말은 우리 모임이 상처 입은 동물은 무슨 동물이든 데리고 와서 치료를 해주고 일정 기간만 보살핀 다음에, 다시 자연으로 돌려보내는 일을 해야 한다고 생각합니다. 저렇게 이중, 삼중의 그물이 쳐진 비좁고 답답한 우리에 가둬두고 늙어 죽을 때까지 데리고 있는 게 아니라요. 저런 감옥 생활은 먼데이도 원치 않을 겁니다. 비록 몇 달을 살다가 죽더라도 산에서 마음껏 자유를 누리다가 죽기를 원할 겁니다."

매우 조리 있는 설명이었다. 일리도 있었다. 먼데이도 철망이 쳐진 비좁은 우리 속보다는 자유로운 산골짜기를 그리워하고 있을지 모르는 일이었다.

"간단하게 그냥 다수결로 해요!"

2학년 여자애가 길게 떠들 필요 없이 그냥 간단하게 다수결로 하자고 말했다. 대다수 회원들이 그러자고 손뼉을 쳤다. 순간, 차기 부회장 손세림의 눈빛이 한 번 번쩍 빛나더니 얼굴이 빠르게 굳어졌다. 딱딱하게 굳은 얼굴로 자세를 고쳐 앉은 뒤 무겁게 입을 열었다.

"다수결이 무조건 옳은 건 아닙니다. 민주주의 원칙에 따라 마지막 단계에서는 다수결로 결정을 한다고 해도, 그에 앞서 충분한 논의와 토론을 거친 후에 해야 합니다."

충격의 연속이었다. 생각의 차원이 완전히 다른 아이 같았다. 도대체 무슨 책을 얼마나 읽었기에 저렇게 많은 걸 알고 있을까? 은비는 혀를 내두르다 못해 입이 떡 벌어져서 다물어지질 않았다. 나중에 전교 학생회장은 물론 군의회 의장감이었다. 2학년 초에 군의회로 단체 견학을 간 적이 있었는데, 의원들은 물론 의장까지 서로 자기 의견만 옳다고 삿대질을 하며 고함만 내지르다 먹살잡이로 파장이 되는 모습에 크게 실망을 하고 말았다. 어른들의 모임에는 언제나 불미스런 싸움이 있었다.

다시 불붙은 토론은 쉽게 끝나지 않았다. 반론에 재반론, 또 재반론이 끝도 없이 이어졌다. 해마다 서울 무슨 대학에서 개최한다는 전국학생토론대회에 나가도 1등을 할 것 같았다. 은비 자신은 도시 아이들, 특히 서울 아이들이라면 알게 모르게 주눅이 들고 기가 죽어버리는데 후배들은 전혀 그렇지가 않았다. 내 후배들이 저렇게 똑똑했나? 어리다고, 시골 학생이라고 속으로 은근히 무시해왔건만. 놀랄 노 자였다. 조금도 시골 아이들 같지 않았다. 아주 자랑스러웠다. 토론대회에 한번 나가보라고 적극 권유하기로 마음먹고서 계속 묵묵히 듣고만 있

었다. 그러나 결국 결론이 나지 않아 각자가 집에 가서 깊이 생
각해보기로 하고 회의를 마쳤다.

밤 열두 시가 넘었는데도 은비는 잠들지 못했다. 아빠와 엄
마는 아직도 돌아오지 않고 있었다. 동생 말에 의하면 해가 떨
어지기 직전에 아버지와 동네 아저씨들 몇이 노루를 가져왔다
는 것이었다. 마을 뒷산 너머를 지나는 중부내륙고속도로에서
로드 킬Road Kill을 당해 죽은 노루를 가져와 이장네 집에서 술
잔치를 벌인다는 말이었다. 마을 어른들이 모두 모여서 먹었는
데 노루 고기가 아주 맛이 최고라며 까불어댔다.

"어떻게 하는 게 먼데이를 위하는 일일까?"

그 질문을 반복하면서 은비는 엎치락뒤치락했다. 사육장에
갇혀 있는 먼데이가 정말 답답해할까? 하기는 나는 철창 없는
집과 학교도 답답해하고 있잖아? 가끔씩 먼 산을 바라보며 가
만히 서 있는 먼데이의 행동이 어쩌면 제가 살던 산골짜기를
그리워하는 것 같기도 했었다. 너른 산에서 자유롭게 뛰어놀고
싶은 건지도. 그래도 놓아주면 그 몸으로 혼자 살아가지 못할
텐데! 위험할 텐데. 내가 엄마나 마찬가지니까 옆에 두고 보호
해줘야 해! 생각에 생각을 거듭했으나 답을 얻을 수가 없었다.
머리가 지끈거리기 시작하자 내일 생물 선생님한테 물어보고,
아이들과 논의 후에 최종 결정을 하기로 했다. 눈을 감고 잠들

기를 기다렸다. 그러나 그 차기 부회장 손세림의 말이 머릿속에서 끊임없이 메아리쳐 울려 잠을 방해했다.

새벽녘에 깜박 잠이 들었다가 다시 깨고 말았다. 아빠가 술에 잔뜩 취해 엄마의 부축을 받고 돌아온 것이었다.

"은비, 어디 갔어?"

"윗방에서 자겠죠."

"이리 오라고 그래! 학교에서 나를 그렇게 개망신을 당하게 해놓고 잠이 와?"

지난 달 경운기를 타고 두 번째 학교에 왔던 날, 아빠는 교감 선생님한테 걸려 혼이 단단히 났었다. 그래서 더욱 은비에게 화가 나 있었고 감정이 쌓여 있었다.

"나를 산짐승이나 잡아서 팔아먹으려는 무식한 놈으로 보더라고, 그 교감이."

술만 취하면 거듭되는 아빠의 말이었다. 이제 교감 선생님에 대한 욕이 한 시간쯤 이어질 것이었다.

"지가 교감이면 교감이지, 감히 나한테 훈계를 해? 내가 애들이야? 학생이야? 내가 지 아들이야? 싸가지 없게시리 어따 대고 훈계질이야?"

전에는 안 그랬었는데 아빠의 술주정이 점점 심해졌다. 예전에는 술에 취하면 가만히 누워 잠을 잤었다. 상처 입은 짐승처럼 모로 웅크리고 누워 흔들어도 일어나지 않았었다. 하지만 근래에는 독기가 가득한 목소리로 밤새 불평불만을 늘어놓았다. 시골에서 태어난 게 죄라는 둥, 공부를 많이 시켜주지 않은 부모가 원망스럽다는 둥, 매년 빚만 느는 농사 당장 때려치우고 도시로 나가 쓰레기 리어카를 끄는 게 낫겠다는 둥, 끊임없이 중얼거렸다.

엄마가 아빠에게 줄 꿀물을 타려고 부엌으로 나가는 소리가 들렸다.

"천하에 못된 것 같으니. 애비를 무시해? 이 모양 이 꼴로 사니까 내가 우습다 이거지? 중학교밖에 못 나온 무식한 농사꾼 놈이라 말상대가 안 된다 이거지? 엉? 내가 고라니 새끼보다도 못 하다는 거 아냐? 고등학교도 제멋대로 정해서 가고."

자격지심에 아빠는 공연히 학력을 들먹였다. 그게 아니야, 아빠! 왜 그런 비교를 해? 은비는 안방으로 내려가 그렇게 말하고 싶었으나 몸이 움직여지질 않았다. 아빠가 술에 취해 있어서 대화도 되지 않을 뿐더러 오히려 더 큰 말싸움으로 번질 위험이 높았기 때문이었다. 분명한 것은 여태껏 은비는 아빠의 중졸 학력을 부끄러워한 적이 없었다는 사실이었다. 경운기로 열심히 논밭을 갈며 땀 흘려 농사짓는 아빠의 모습을 자랑스러워했다. 아빠도 전에는 자신을 무식한 농사꾼이라고 비하해 표현하지 않았다. 농사꾼이라고, 학력이 낮다고 주눅 들지 말고 아빠가 좀 당당했으면 좋겠다는 생각이 들었다.

"나도 서운하기는 해요! 첫아이라고 얼마나 애지중지 키웠는데. 벌써부터 떠나려고만 하니. 가까운 고등학교 나와서 우체국 공무원하면 얼마나 좋아요!"

"그러게 자식은 다 필요 없어! 특히 딸년은 더 필요 없고."

아빠는 계속해서 횡설수설 떠들었다. 은혁이가 잠에서 깨 시끄럽다며 신경질을 부리는데도 그치지 않았다. 오히려 은혁이까지 나무라며 별것도 아닌 일로 트집을 잡았다. 은비는 이불을 머리끝까지 덮어 썼다. 안방에서 엄마와 아빠가 티격태격하는 소리가 한참 동안 들려왔다.

다음날 교무실로 생물 선생님을 찾아갔다.

"조은비, 왜 온 거야?"

"아! 저, 여쭤볼 말이 있어서요, 선생님!"

"빨리 물어봐! 수업 시작종 칠 때 됐어."

선생님의 의견을 들으면서 은비는 창밖으로 시선을 돌렸다. 담장을 따라 늘어선 플라타너스 나무들이 가지에 남아 있던 잎들을 한 장 두 장 떼어냈다. 나무를 떠난 잎들은 바람을 타고 공중을 이리저리 떠돌았다. 학교를 벗어나 멀리까지 날아가는 것들도 있었다. 하늘을 자유롭게 나는 새 같았다. 나도 저 나뭇잎처럼 자유롭게 날아보고 싶어!

굿바이! 먼데이!

　수북이 떨어져 쌓인 나뭇잎 위에 하얀 눈이 몇 차례나 내려 덮였다. 온 산은 두툼한 솜이불을 덮은 채 오랫동안 잠들어 있었다. 소한 강풍이 불고 대한 추위가 닥쳐도 깨어나지 않았다. 그렇게 겨울을 지내다가 입춘을 지나 우수가 되어서야 스스로 눈을 떴다. 해가 바뀌어 2월 중순이었다. 충주행 시외버스에 은비는 우울한 표정으로 앉아 있었다. 진석이가 졸업 선물로 준, 먼데이의 예쁜 사진이 들어 있는 휴대폰 고리를 만지작거리면서 입을 꾹 다물고 있었다.

　"후!"

　마음을 추스르려고 한숨을 길게 한차례 내쉰 은비는 차창 밖에 펼쳐지는 야산의 풍경을 바라보았다. 잔설을 밟고 서 있는 앙상한 나무들이 아직은 추워 보였다. 약한 바람에도 가녀린 가지를 심하게 떨었다.

"누나, 오늘은 아저씨를 볼 수 있을까?"

"모르지! 가봐야 알지."

겨울방학 동안 두 번이나 갔었으나 털보 아저씨 면회를 하지 못했다. 여전히 중환자실에 있었기 때문이었다. 가족들에게 조금 나아졌다는 말만 듣고 돌아와야 했다. 무겁고도 슬픈 발걸음이었다.

"작년에는 정말 파란만장했어!"

"파란만장? 뭐야, 그게?"

"몰라서 묻는 거니? 공부 좀 해야겠다, 너!"

진석이가 뒤통수를 긁적이며 씨익 웃었다. 은비는 그런 진석이를 보고 애써 마주 웃어주면서 아는 체를 좀 했다.

"기복과 변화가 몹시 심하다, 이 말이지. 별일 다 겪었잖아? 슬픈 일, 속상한 일, 안타까운 일, 화나는 일, 즐거운 일, 기쁜 일. 늘 기쁜 일만 생겼으면 좋은데!"

가장 기뻤던 일은 두말 할 것 없이 먼데이를 구해 의족을 만들어주었던 것이고, 가장 슬펐던 일은 털보 아저씨가 밀렵꾼들에 의해 심하게 다쳐 입원을 했다는 것이었다. 그리고 지난주에는 가장 화가 났던 사건도 있었다. 생각할수록 모멸감이 일고 수치심에 치가 떨리는 일이었다. 기억하기조차 싫지만, 이

번 충주에 갔다 와서 2학년 때 담임 설민혜 선생님의 도움을
받아 처리하기로 했다.

은비는 입술을 지그시 깨물고 다시 차창 밖으로 시선을 돌
렸다. 그늘진 곳에는 아직도 얼음이 녹지 않아 버스는 그리 빨
리 달리지 못했다. 산에 쌓인 눈도 두께는 얇아졌으나 여전히
많이 남아 있었다. 이제 곧 꽃샘추위와 잎샘추위가 닥쳐올 것
이고 때늦은 눈도 두어 차례 내릴 것이었다. 그것을 모두 견뎌
내야 제대로 된 꽃이 피고 키도 자란다는 걸 은비는 경험을 통
해 알고 있었다.

"큰고모네 집에 가서 재밌게 놀았어?"

방학 때 일주일 동안 대전 큰고모네 집에 놀러 갔다 온 진석
에게 물었다. 무슨 고민에 빠졌는지 진석이가 말을 받지 않자
은비도 입을 다물었다. 이상택을 완전히 제압한 이후 진석이를
따르는 동급생과 후배들이 많아졌다. 그래서 목과 어깨에 힘이
상당히 들어가 있었다. 이무기로 지내다가 용이 된 듯한 얼굴
이었다. 설마 그러지는 않겠지만, 진석이가 제2의 이상택이 될
까 봐 조금 걱정스러웠다.

개울 건너 작은 마을길에 경운기 한 대가 느리게 움직이는
모습이 시야에 잡혔다. 아빠가 떠올랐다. 지난주 졸업식 날 아
빠는 학교에 오지 않았다. 정확하게는 안 온 것도 아니고 온 것
도 아니었다. 강당에서 졸업식을 마치고 운동장으로 나왔을

때, 아빠는 광전교 건너 찻길 옆에 경운기를 세워두고 그 위에 홀로 앉아 있었다. 학교로 들어오지도 못하고 집으로 돌아가지도 못하고, 어중간한 거리에서 담배만 뻑뻑 피워대던 아버지. 은비는 친구들과 그리고 선생님들과 기념사진을 찍기 위해 엄마와 동생을 먼저 보냈다. 엄마와 동생을 태우고 집으로 돌아가는 아빠의 뒷모습이 뇌리에 박혀 온종일 가슴 한편을 저리게 했다. 동사모 후배들이 마련해준 송별파티에서도 마음이 영 편치 않았다. 그래도 졸업식 날에는 꽃다발이라도 하나 사들고 와주기를 은근히 바랐었다. 하지만 헛된 바람이 되고 말았다.

도무지 바로 잡힐 것 같지 않은 아빠와의 틀어진 관계가 지속적으로 가슴을 짓눌렀다. 다음 달 초에 있을 고등학교 입학식에도 오지 않을 공산이 컸다. 그저께 엄마가 기숙사 얘기를 하며 이것저것 필요한 물건들을 챙기는데도 아빠는 본체만체했다. 아빠 생각만 하면 감정 조절이 잘 안 되고 울화가 치밀었다. 엄마도 짐을 싸는 내내 외지 학교로 가서 잘못된 길로 빠졌다는 애들 이야기를 줄줄이 늘어놓으며 신경을 건드렸다. 돈 걱정도 양념처럼 솔솔 뿌렸다.

"누나!"

진석이가 머리를 돌리지 않고 시선을 여전히 창밖에 둔 채 불렀다.

"응! 왜?"

"부회장 손세림 개!"

"세림이가 뭐?"

은비가 물었는데도 진석이는 또 말 없이 잠자코 있었다. 시원
스레 말을 안 하니 답답했다. 아마 부회장을 좋아한다는 소리
를 하려나 보다, 추측하는데 불쑥 입을 열었다.

"너무 휘젓고 다녀! 회장은 엄연히 난데 지가 나서서 다하려
고 해!"

"귀엽게 봐줘! 앞으로는 안 그럴 거야. 니가 너무 과묵하게
말 없이 있으니까 개가 그러는 거지. 너도 회의 전에 생각을 정
리해가지고 가! 메모도 간단히 하고. 그리고 할 말을 천천히 하
면 돼. 반복해서 그러다 보면 말하는 실력도 많이 늘어! 나는
뭐 예전에 어디 가서 말 한마디 제대로 했었나? 입 꾹 다물고
고개 푹 숙이고 꿔다놓은 보릿자루처럼 앉아 있었지! 내 별명
이 얌전비였잖아?"

오히려 그런 애가 진석이를 확실하게 제대로 도와줄 것이라
고 은비는 확신했다.

"5월 말에 학생토론대회 나가기로 한 거, 그것도 부회장을
중심으로 연습 열심히 하고. 그러면 서울에서 열리는 본선 진
출은 무난할 거야!"

진석이는 대답 않고 고개만 한 번 끄덕였다. 부회장이 팀을 만
들어서 나가기로 했고, 설민혜 선생님이 지도를 해주신다니까

최소한 준우승은 할 것이라고 은비는 믿었다.

버스는 구불구불 달렸다. 가파른 고개를 오르고 내리고, 멈추고 출발하고, 빠르게 느리게, 좌우로 흔들리기도 하면서 목적지인 충주를 향해 달렸다. 달천 역시 구불구불 수십 리를 달려 남한강에 다다르고, 거기서 다시 꼬불꼬불 수백 리를 달려가 서울을 지나 서해 바다에 이를 것이었다. 이 물은 발원지에서 멀리 흘러갈수록 바다에 가까워지는 거지! 물은 절대 뒤돌아보지 않아! 과거에 무슨 일을 당했든 그에 얽매이지 않고 앞만 보고 달려가지! 달천을 보고 있으려니 사회 선생님이 전에 해줬던 말이 귓전을 맴돌았다.

털보 아저씨는 중환자실에서 옮겨져 일반 병실에 있었다. 은비는 기쁜 마음에 아저씨를 부르며 침대로 달려갔다. 아저씨가 눈을 끔뻑여 반가움을 표시했다. 근 4개월 만에 얼굴을 보는 것이었다. 하지만 아저씨는 머리, 어깨, 다리에 온통 붕대를 감고 있었다. 특히 뇌를 다쳐 말을 잘하지 못했다. 더듬거리면서 겨우 토막말 몇 마디만 늘어놓을 뿐.

"예? 아직도 범인을 못 잡았어요? 경찰이 뭐 그래요?"

폭행을 한 밀렵꾼들은 여전히 잡히지 않고 있다는 말에 은비는 화가 치밀기도 했다. 아저씨는 다행히 청각 기능은 이상이 없었다. 그리고 부러진 두 다리는 거의 다 아물어 휠체어에 앉아서 이동도 가능했다. 아직 혼자 걷기는 무리라 앞으로 꾸준히 재활 치료를 하면서 말하기 훈련과 걷기 훈련을 해야 한다는 것이었다. 걷기 훈련이라는 말을 듣자 은비는 먼데이가 떠올랐다.

"아저씨, 그 새끼 고라니 먼데이 있잖아요?"

은비는 그동안 있었던 일을 하나하나 다 이야기해주기로 했다. 얘깃거리가 너무 많아 어느 것부터 해야 할지 모를 정도였다. 아저씨가 고개를 끄덕여 어서 해보라고 재촉했다.

"우리가요, 의족을 해서 끼워줬어요. 꽤 비싼 특수 의족을요."

털보 아저씨가 놀라 눈을 크게 떴다.

"어, 어떻……?"

"먼사모라는 모임을 만들었어요. 그 모임에서 의견이 나와 제가 서울 전문회사에 전화를 해서 가격을 알아보고 모금을 했지요."

은비의 설명에 털보 아저씨의 가족은 물론 병실 내의 다른 환자들과 문병객들도 귀를 기울였다. 그에 신이 난 은비는 먼데이의 걸음걸이까지 흉내 내며 이야기를 상세히 펼쳤다.

"그 의족, 정말 진짜 고라니 발이랑 똑같아요. 아직은 걸음걸이가 이렇게 절룩절룩 불안정하지만요, 뛰기도 해요."

모금액이 모자라 은비가 인삼 많이 먹기 대회에 나가 우승을 해 탄 상금을 보태서 겨우 마련했다는 말은 진석이가 했다. 그 얘기에 병실 안에 있던 사람들이 모두 웃음을 터트렸다. 그 바람에 우중충하고 갑갑하던 병실에 웃음꽃이 활짝 피어났다.

"그날 저, 배 터져 죽는 줄 알았어요. 참! 학교 사육장에 불도 났었어요."

화재사건 얘기도 했다. 먼데이에게 해코지를 하려고 이상택과 그의 패거리가 사육장에 불을 질러 학교 창고가 반쯤 탔다고, 사육장은 약간만 그을려 다행히 먼데이는 무사했다고, 이상택과 그의 패거리들은 경찰에 잡혀갔는데 이틀 만에 풀려났다고 말했다. 예상과 달리 이상택과 그의 패거리가 너무 빨리 풀려나자 모두들 기가 막혀했다.

"불을 낸 방화범인데 그렇게 금방 풀어줬어요. 농협 전무인 걔네 아버지가 학교 창고를 새로 지어준다고 그래서 풀려난 거래요. 그런 법도 있어요, 아저씨?"

미성년자인 데다가 초범이고 다친 사람이 없어서 그런 것 같다며 아저씨가 더듬더듬 말했다. 풀려난 이상택은 더욱 기세가 등등해져 제 세상을 만난 부룩송아지처럼 설쳐댔다. 자기는 경찰도 함부로 잡아가두지 못하는 사람이라며 뻐기고 돌아다녔다. 며칠 전 졸업식에는 자기 패거리들과 함께 식장을 마구 헤집고 다녀 학부모들의 눈살을 찌푸리게 했다. 그리고 졸업생 자리에 앉아서는 저녁때 만나자고, 읍에서 둘이 졸업 축하 파티를 하자고, 자기는 절대 나쁜 애가 아니라고, 예쁜 선물을 사 놓고 기다리고 있겠다고, 문자를 연신 날려댔다. 은비는 다 무시하고 알은체도 하지 않았다.

졸업식이 끝난 다음 날, 자기 문자에 답장을 안 한다고 이상택에게서 쌍스런 문자가 계속 날아왔다. 차마 입에 담지도 못할 정도로 심한 욕설이었다. 은비는 참다 참다 더 이상 참지 못해 답문자로 따지고 들었다. 그러자 따지려면 직접 만나서 따지라며 더욱 심한 욕을 퍼부었다. 노골적인 성적 표현을 담아 자존심과 수치심을 박박 긁어댔다. 은비는 홧김에 만나자고 하고 말았다. 만나서 단단히 혼을 내주고 싶었다. 좋아! 이따 일곱 시 반에 농로와 찻길이 만나는 지점으로 내려와! 나도 그리 올라갈 테니까.

동생 은혁이의 자전거를 타고 까치고개를 넘어 약속 장소로 갔다. 이상택이 먼저 와서 기다리고 있었다. 그런데 혼자가 아니었다. 그의 똘마니 두 녀석이 뒤에 서 있었다. 예감이 좋지 않았다. 사방은 어두컴컴했고 오가는 행인 한 명 없었다. 화가 몹시 나 흥분을 한 상태로 은비가 쌍스런 욕설문자에 대해 따지려는 순간, 갑자기 똘마니 두 녀석이 달려들어 양쪽 팔을 잡았다. 그런 다음 무지막지하게 끌기 시작했다. 길옆 폐농가 쪽으로였다. 소리를 지르자 이상택이 뒤에서 손바닥으로 입을 막고 막무가내로 밀어댔다. 목과 팔 다리에 상처가 나도록 힘껏 저항을 해보았지만 역부족이었다. 도저히 세 녀석의 힘을 당해낼 수가 없었다. 마침내 폐농가 마당까지 끌려갔을 때, 이상택의 손가락을 깨물고 두 똘마니의 팔뚝을 물어뜯었다. 그러고는 어둠 속을 죽기 살기로 뛰어 가까스로 자전거에 올라탔다. 신발 두 짝이 다 벗겨져 맨발인 채였다.

"아저씨! 그 애, 방화범으로 경찰서에 잡혀갔다 오더니요, 오히려 더 못되게 노는 것 같아요."

"개꼬리 삼 년 묵혀둬도 황모 못 되는 법이여!"

"맞아요. 될성부른 나무는 떡잎부터 알아본다고 하잖아요. 옛 어른들 말 틀린 거 하나 없어요!"

환자들 중 누군가가 그런 말을 주고받았다. 그러자 아저씨가 또 더듬더듬 뒤를 이었다. 평생 자기 잘못을 인정도 않고 반성도 않는 벽창호에 구제불능인 인간들도 많이 있다고, 살다 보면 별별 사람을 다 만나게 된다는 말이었다. 정말로 그런 것 같았다. 세상에는 별의별 사람이 다 있었다.

"아저씨! 저, 충주생명과학고에 장학생으로 합격했어요. 3월 2일 입학하고 기숙사로 들어가요."

아저씨가 기뻐하며 고개를 끄덕였다. 눈동자에 진정으로 축하한다는 글씨가 큼직하게 쓰여 있었다.

"고, 공부 여, 열심히……, 수, 수의사……!"

"수의사요? 그건 좀······. 아, 그리고요. 우리 먼사모에 아주 아주 대단한 후배 애가 한 명 들어왔어요. 얼마나 똑똑하고 당찬지 몰라요. 서울 애들 뺨을 쳐요!"

차기 부회장으로 뽑힌 1학년 손세림 얘기도 털어놓았다. 그 아이가 제기했던 문제와 2차에 걸친 불꽃 토론 끝에 내린 결정도 알려주었다. 아저씨가 잘한 결정이라며 칭찬을 해주었다.

"그 애 때문에 모임 이름을 먼사모에서 동사모로 바꿨고요. 지금 학교 사육장에는 차에 치인 들고양이 한 마리와 덫에 걸린 새끼 멧돼지 한 마리도 있어요. 앞으로는 상처 입은 동물들이 더 늘 거예요. 신입회원들도 더 늘고요. 그러면 진석이가 애 좀 써야죠 뭐! 저는 이제 졸업했으니까요."

"3월 달에요. 우리 동사모 이름으로, 중부내륙고속도로에 육교형 생태통로를 만들어 달라고 건의하기로 했어요! 환경부에다가요. 산짐승들이 로드 킬 당하지 않고 고속도로를 건널 수 있도록이요."

내내 입을 다물고 있던 진석이도 한마디 했다. 지난달에 은비의 제안으로 동사모 회원들이 함께 논의했던 문제였다.

시간이 흐르는 줄도 모르고 이야기를 나눴다. 그러다 보니 아저씨의 가족에 대해서도 자연스럽게 알게 되었다. 아저씨는 딸 얘기를 하면서 못마땅한 표정을 지어보이기도 했다. 딸은 벌써 2년째 편의점 알바를 열심히 해왔는데, 그 이유가 얼굴 윤곽 수술비를 마련하기 위해서라며 눈살을 찌푸렸다. 딸과의 사이가 그다지 좋지 않음을 쉽게 알 수 있었다. 어느 집이나 다 크고 작은 갈등이 있는 모양이었다. 굳은 표정의 아빠 얼굴이 잠시 눈앞에 스쳤다.

돌아가야 할 시간이 되었다.

"아저씨! 그날 꼭 오세요. 꼭 오셔야 해요."

"그, 그럼! 가, 가야지!"

아저씨가 오겠다고 약속을 했다. 하지만 몸이 불편해서 진짜로 오기는 어려울 것 같았다. 겉으로는 꼭 와달라고 했으나 속으로는 기대하지 않았다.

병원을 나선 은비는 진석이를 데리고 자기가 입학할 생명과학고로 향했다. 작년 11월 말에 원서를 접수하러 왔던 때가 생각났다. 그때는 은행나무 가로수에서 떨어져 쌓인 노란 잎을 밟으며 가만가만 걸었었다. 매캐한 자동차 매연과 도시 먼지가 목구멍을 자극해서 잔기침이 터져 나왔다. 하지만 오염된 공기에도 불구하고 은행나무 가로수들은 높은 하늘을 향해 두 팔을 벌린 자세로 당당히 서 있었다. 가지마다 주렁주렁 열매를 맺은 은행나무도 많았다.

생명과학고까지는 40분쯤 걸렸다. 학교 홍보 팸플릿에 소개된 곳을 하나하나 찾아가며 구경을 했다. 동물우리 앞에서는 한참이나 서 있었다. 철창우리는 모두 일곱 개로 여러 동물들이 암수 한 쌍씩 들어 있었다. 산짐승, 들짐승, 날짐승. 크고 작은 다양한 동물들의 모습이 보기 좋았다. 담임은 모든 생명이 등가적 가치를 갖는 게 아니라고 했지만, 은비는 그게 아니라는 생각이 들었다. 모든 생명은 다 똑같이 등가적 가치를 갖는 거라고 확신했다.

우리에 갇혀 지내는 생활의 스트레스 때문인지 머리와 다리에 상처가 난 동물도 두어 마리 보였다. 고라니도 한 쌍 있었다. 어른 고라니는 날카롭고 길쭉한 송곳니 두 개가 입 밖으로 나와서 인상이 새끼와는 판이하게 달랐다.

"저 송곳니 좀 봐. 무섭다! 우리 먼데이도 2년만 크면 송곳니가 나오겠다. 그치?"

진석이는 고개만 한 번 끄덕이고 대답이 없었다. 성불산 검승사의 9척 미륵불처럼 묵묵히 서 있었다.

"진석아, 우리 저기 가보자!"

커다란 연못 한가운데 우뚝 솟은 팔각정을 가리켰다. 연못 위에 놓인 데크 판넬 길을 나란히 걸어 그리로 올라갔다. 평지보다 고작 1.5미터 정도 높을 뿐인데도 시야가 탁 트이면서 전망이 좋아졌다. 얼음 밑에는 움츠리고 있는 연 줄기가 수북했다. 벌써 새싹을 틔우는 것들도 보였다. 차고 단단한 얼음에 갇혀서도 오히려 미래의 꿈을 가꾸고 있는가 보았다. 그 모습에 은비는 가슴속에 가만히 수의사의 꿈을 품었다. 단순히 동물을 사랑하는 걸로는 부족하고 치료까지 할 줄 알아야 될 것 같았다.

'조은비 동물사랑병원' 괴산 읍내 한가운데에 걸린 멋진 간판이 눈앞에 그려졌다. 가슴이 뿌듯했다. 그래! 힘들겠지만 해 보는 거야! 다시 한 번 학교 전경을 천천히 훑어보았다. 내가 스스로 택해서 스스로 결정한 고등학교. 고등학교 생활은 중학교와는 많이 다르겠지! 설레기도 하고 두렵기도 하고 또 기대도 되었다. 어떻든 은비는 가슴속에 꿈을 품고 당당하게 미래에 맞서리라 다짐했다.

무슨 생각에 잠겨 있는지 진석이는 말도 안 하고 뚱한 표정이었다. 간혹 눈빛이 날카롭게 변하기도 했다. 2주일에 한 번씩 집에 갈 거라고 해도 풀어지지 않았다. 매일 한 통씩 문자를 보내겠다고 해도 마찬가지였다. 은비는 얼마간 망설이다 살며시 진석이의 손을 잡았다. 그리고 말했다. 진석아! 나도 너 좋아해, 많이! 하지만 그 말은 입안에서만 맴돌 뿐 밖으로 나오지 않았다. 좋아한다는 감정이 정확하게 무얼 의미하는지 자기 자신도 아직 확실하게 규정짓지 못했기 때문이었다. 이것이 사랑이라는 건가? 그렇다고 자신 있게 말할 수가 없었다. 좀 더 시간이 흘러 나이가 더 들어야지 알 것 같았다. 최소한 2, 3년 후. 그 전에 진석이와 영영 이별을 하게 될지도 모르지만 서두르지 않기로 했다.

2월 23일. 하늘은 흐렸다. 그러나 날씨는 포근했다. 구월리

느티나무 밑에는 승용차가 여러 대 서 있었다. 외부 사람들이 타고 온 차량들이었다. 마을 주민들이 많이 나와 외부 사람들을 지켜보았다. 김 씨 할아버지와 이장 아저씨도 주민들 틈에 섞여 있었다. 외부 사람들이 천천히 움직이기 시작했다. 줄을 이뤄서 마을 앞길을 걸었다. 진석이와 동사모 회원들이 앞장서고, 은비는 중간에 혼자 걷고, 어른들이 그 뒤를 따랐다. 뒤따르는 어른들은, 동사모를 학교 정식 동아리로 인정하고 전국학생 토론대회 출전을 적극 지원하기로 약속한 교감 선생님을 필두로 생물 선생님, 설민혜 선생님, 소사 아저씨였다. 그리고 지방 신문 기자와 털보 아저씨도 있었다. 털보 아저씨는 큰아들이 밀어주는 휠체어에 앉아 행렬 맨 뒤에서 아이들을 좇았다. 마을주민들은 느티나무 밑에 모여 그들의 움직임을 주시할 뿐 뒤따르지는 않았다.

까치고개 초입으로 들어서자 설민혜 선생님이 다가와 손을 잡았다. 그리고 눈빛으로 힘을 내라고 말했다. 은비는 알았다며 고개를 끄덕였다. 먼데이 때문이 아니라 이상택 때문이었다. 폐농가에서의 그 일 이후 은비는 혼자 사흘이나 고민을 한 끝에 중2 때 담임한테 전화를 했었다. 그리고 읍내 피자집에서 만나 사실을 털어놓았다. 깜짝 놀란 선생님은 한동안 묵묵히 있다가 천천히 입을 열었다.

그냥 덮어서는 절대 안 돼! 은비, 네가 먼저 용기를 내야 해!

상택이 그 애, 잘못을 할 때마다 자꾸 쉬쉬하고 덮어주니까 점점 괴물이 되어가는 거야! 그 애의 장래를 위해서라도 따끔하게 벌을 주어야 해! 그래야지 정신을 차리지, 안 그러면 점점 더 큰 죄를 짓게 될 게 분명해!

한참을 망설이던 은비는 선생님의 오랜 설득으로 고개를 끄덕였다. 용기를 내기로 했다. 이상택이 더 나쁜 대응을 할까 봐 걱정스러웠지만 확실히 처벌받게 하겠다고 마음을 굳혔다. 그런 다음 선생님과 함께 최 내과에 들러 목, 팔, 발에 난 상처의 진단서도 끊고 법률사무소도 방문했다.

"내일모레 고소장 작성 마치자마자 경찰서로 곧장 가면 돼! 조금도 무서워 할 거 없어, 은비야! 죄를 지었으니 당연히 처벌을 받게 해야지!"

은비는 백 번 천 번 맞는 말이라고 생각했다. 맞아! 죄에는 그에 상응하는 벌이 반드시 필요해! 바늘도둑이 소도둑 되기 전에 바로 잡아줘야 해! 속말을 하고 맨 앞으로 뛰어갔다.

"얼른 따라와, 먼데이!"

은비는 먼데이를 까치고개 중간으로 이끌었다. 먼데이는 은비를 쫄랑쫄랑 따라갔다. 한쪽 앞다리를 절기는 했지만 그리 심하지는 않았다. 주변에 산이 많고 가까이 보여서인지 표정도 밝았고 기분도 좋은 것 같았다. 초롱초롱한 눈망울에 엷게 남아 있던 슬픈 빛도 어느새 다 사라지고 없었다.

까치고개를 얼마쯤 올라서 옥수수 밭으로 들어갔다. 어른들과 다른 아이들은 길에서 기다리기로 하고 은비, 진석이, 부회장, 남학생 두 명만 먼데이를 이끌었다. 곧 텅 빈 옥수수 밭을 지나 산기슭에 이르렀다.

"누나, 이 경사면을 오를 수 있을까?"

"글쎄? 못 오르면 안고 가야지 뭐!"

괜한 걱정이었다. 낙엽이 두툼히 쌓이고 잔설도 남아 있는 산비탈 면을 먼데이는 잘도 올랐다. 평지보다 오히려 더 잘 걸었다. 산등성을 다 올라 잠시 뒤를 돌아다보았다. 까치고갯길에서 어른들과 아이들이 손을 흔들어주었다.

"먼데이! 너도 인사해야지?"

"그래! 인사하고 이쪽으로 내려가자!"

회장 진석이와 부회장 세림이가 먼데이의 머리를 잡고 밑으로 한 번 숙여줬다. 멀리 마을 느티나무 아래에는 여전히 주민들이 몰려서서 이쪽을 바라보고 있었다. 특히 김 씨 할아버지와 밀렵에 혈안이 되었던 동네 아저씨들이 눈도 깜빡이지 않고 보고 있을 것이었다. 엄마, 아빠, 동생도 집 담장 위로 고개를 내밀고 바라보고 있을 게 뻔했다. 아빠에 대해서 닫힌 마음의 문은 억지로 열려하지 않는 게 낫겠다는 생각이 들었다. 높아진 감정의 담도 무리해서 허물려하지 않으리라 결심했다. 시간! 모든 일에는 시간이 필요했다. 시간이 흐르면 자연스럽게 문을 열고 담을 허물 기회가 올 거야! 빨리 오든 늦게 오든 그 기회를 차분히 기다리기로 했다. 초등학교 4학년 때 아빠와 가장 다정했던 추억인, 마당에서 자전거를 배우던 기억을 되새기며 조용히 있기로. 어쩌면 아빠도 그날을 기다리고 있는지도 몰랐다.

"누나, 마을 사람들이 아까보다 더 많이 나와 있어!"

"그러게. 많이들 지켜보면 더 좋지 뭐! 우리가 이런 일을 하는 걸 알면 함부로 야생동물들을 잡지 않겠지!"

일주일 전부터 은비와 진석이는 마을에 소문을 냈었다. 일종의 심리 작전이었다. 먼저 마을 느티나무 가지에다 2월 23일 오전 열한 시에 아기 고라니 먼데이를 산에 풀어줄 거라는 현수막을 내걸었다. 그리고 초등학생들을 모아놓고 먼데이의 의족에 관해 설명을 해주었다. 로봇 다리를 제작할 때 사용하는 특수 재질로 만들어진 것은 물론 몇 가지 초소형 비밀 장치도 장착되어 있다고 뻥을 좀 쳤다. 먼데이 이야기는 삽시간에 온 마을에 퍼졌다. 먼데이의 의족에 비밀 전파발생장치, 고성능 비밀 카메라, 고성능 비밀 녹음기가 내장되어 있어서 어딘가로 실시간 전송된다는 이야기였다. 누구든 먼데이에게 접근하기만 하면 10분 내로 경찰이 출동한다는 황당한 소문이었다. 그건 로봇박사라고 자처하는 동생 은혁이가 추측해서 퍼뜨린 것이었다. 즉, 제 꾀에 제가 넘어간 꼴이었다. 은비는 잘됐다고 생각하고 모르는 척했다.

산등성 너머 반대쪽 작은 골짜기로 조심조심 내려가 처음 먼데이를 발견했던 장소에 다다랐다. 그 당시의 광경이 생생하게 떠올라 은비는 감정이 북받쳤다.

"진석아, 여기가 맞지?"

"웅! 그런 깃 같아!"

막상 놓아주려니 망설여졌다. 정말 먼데이가 혼자 살아갈 수 있을는지, 불안감이 해일처럼 밀려들었다. 사전에 몇 가지 건강 체크를 했는데도 마음이 놓이지 않았다.

"누나, 아직 눈도 다 녹지 않고 풀도 나지 않았어. 날씨도 춥고. 혹시 얼어 죽으면 어떡하지?"

"얼어 죽지 않아요."

진석이의 걱정하는 소리에 부회장 세림이가 나섰다. 양쪽 뺨이 발그레하니 잘 익은 홍시 같았다. 크고 똘방똘방한 두 눈은 하얀 눈밭에 떨어진 까만 바둑알을 연상시켰다.

"야생동물이 얼어 죽는 거 봤어요? 다 자기 몸을 보호하려는 본능이 있어요. 추위에 스스로 적응을 한다고요."

"부회장 말이 맞아! 앞으로 큰 추위는 없을 거야. 그리고 이제 먼데이 혼자 적응해 나가야 돼. 먹이도 스스로 찾고. 아마이 눈 밑에는 벌써 새싹이 돋고 있을 걸."

"그래도 나는 한 달만 더 있다가 풀어주면 좋겠는데. 날씨가 좀 더 따뜻해지고 풀도 많이 났을 때."

부회장 세림이가 또 반대를 했다. 진석이를 흘겨보기까지 하며 목소리를 높였다.

"안 돼요! 회의에서 결정한 대로 오늘 풀어줘야 해요. 사실 지금도 늦었어요."

"자, 이제 놓아주자!"

은비는 먼데이의 목덜미를 쓰다듬다가 손을 뗐다. 그러자 먼데이와 함께 했던 지난 일들이 머릿속에서 영화처럼 재생되어 나타났다. 가슴이 뭉클하고 코끝이 시큰했다. 진석이 역시 눈시울이 붉어져 있었다.

"올가미에 또 걸리면? 덫에 치이기라도 하면? 밀렵꾼들의 총에 맞으면? 산 너머 고속도로를 건너려다가 차에 치여……."

울먹이느라 말을 잇지 못하는 진석이를 세림이가 달렸다. 달래는 게 아니라 나무라는 목소리였다. 흡사 자기 동생을 꾸중하듯 표정 변화를 줘가며 손가락질도 서슴지 않았다. 마치 스물두 살 누나가 열한 살 남동생을 타이르는 장면 같았다.

"마음 약하게 먹지 말아요, 오빠! 앞으로 몇 번이나 이런 일을 할 텐데. 그때마다 눈물을 짤 거예요? 사내대장부가요? 그리고 이렇게 하는 게 진짜 먼데이를 위하는 거라고 충분히 얘길 했잖아요?"

말이나 행동이나 완전 애늙은이였다. 하지만 왠지 조금도 밉지 않았다. 오히려 귀엽고 예뻤다. 진석이는 뭐라 대꾸도 못하고 장마당에 내놓은 수송아지처럼 두 눈만 끔벅거렸다.

"먼데이는 항상 이 주월산 안을 자유롭게 돌아다니고 있을 거예요. 먼데이가 보고 싶으면 언제든 이 산을 바라보면서 건강하게 잘 살고 있겠지 생각해요, 오빠! 이제 어서 놓아줘요."

땅콩처럼 조그마한 게 말이 청산유수고 아는 것도 많았다. 세림이의 눈치를 보면서 진석이가 먼데이의 등에 올렸던 손을 머뭇머뭇 놓았다. 그러자마자 세림이가 진석이의 손을 잡고 끌었다. 그러고 보니 둘이 나름 잘 어울렸다. 키와 덩치는 워낙 차이가 많이 나서 코끼리 옆에 선 꽃토끼 같았지만 전체적인 얼굴형과 눈매, 입매가 꽤 닮은 모습이었다.

모두 조금 전에 내려왔던 산비탈 면으로 몇 걸음 올라갔다. 그 순간 먼데이가 몸을 돌려 뒤따라오려고 했다.

"가! 저 위쪽으로 가!"

"그래! 어서 가!"

세림이를 따라 은비도 발을 구르며 먼데이를 쫓았다. 손까지 내저으면서 점점 큰소리로 쫓았다. 은비의 손짓에 다시 몸을 돌린 먼데이가 주춤주춤 골짜기 위로 걸음을 옮겼다. 자기를 가둬두었던 철망이 보이지 않아 좋아하는 것 같기도 한 발걸음이었다. 다소 불안정하기는 해도 주월산 골짜기들을 활보하며 생활하기에 큰 무리는 없을 것 같았다.

흐릿한 하늘에서 눈발이 휘날리기 시작했다.

"먼데이! 잘 가!"

"굿바이! 먼데이!"

"슬픈눈! 안녕!"

헤어짐이 못내 아쉬운지 점점 굵어지는 눈발 속에서 먼데이는 자주 뒤를 돌아다보았다. 가, 먼데이야! 그 작은 골짜기에서만 맴돌지 말고 더 크고 더 높은 산으로 가서 살아. 슬프고 아팠던 과거 기억을 털어내고 꿋꿋하게 살아! 너는 할 수 있어. 힘 내! 나도 그렇게. 절름절름 걸어가는 먼데이의 모습은 끝내 눈송이에 가려져 보이지 않았다.

경사면을 오르면서 은비는 연신 눈물을 삼켰다. 계속 울먹이며 산등성을 다시 넘었다. 아까 왔던 길을 뒤쳐져 내려가 옥수수 밭에 이르렀을 때 다른 아이들은 벌써 저만치 까치고갯길에 다다랐고, 고갯길에서 기다리던 사람들은 마을을 향해 걸어가고 있었다. 은비는 옥수수 밭 중간쯤에서 걸음을 멈췄다. 산등성 너머 골짜기에서 먼데이가 부르는 소리가 들려왔기 때문이었다. 슬픈눈의 애절한 목소리였다. 돌아가볼까. 마음이 흔들렸다. 일렁이는 마음을 진정시키려고 몇 차례 심호흡을 해봤다. 소용없었다. 되돌아가려고 한쪽 발을 뒤로 뺐다. 그러나 몸을 돌리지는 않았다.

어금니를 악물었다. 눈을 감았다. 난생처음으로 애정을 쏟아

준 생명체와의 첫 번째 이별이었다. 사람하고든 동물하고든 앞으로 수많은 만남과 이별을 겪게 될 거라는 걸 은비는 깨달았다. 이별이 꼭 슬픈 것만은 아니라는 사실도 알았다. 눈을 떴다. 다시 발을 떼어 옥수수 밭을 다 지나 까치고갯길로 올라섰다. 마을 쪽으로 걸었다. 엄지손톱만 한 눈송이가 끊임없이 시야를 가렸다. 날천에서 불어오는 맞바람이 가슴팍을 거칠게 밀쳐댔다. 하지만 은비는 두 눈을 크게 뜨고 두 다리에 힘을 주어 흔들림 없이 걸었다. 도장을 찍듯 땅을 꾹꾹 눌러 밟으며 똑바로 걸었다. 끝끝내 뒤를 돌아보지 않았다.

중3 조은비

창작 노트

양효준 작가의 중3 시절

생명은 모두 아름답고
똑같이 소중하다

삶이란 갈등의 연속이다. 남녀노소 누구나 갈등을 겪으며 살아간다. 그 갈등을 헤쳐 나가는 과정이 인생인 것이다. 누구든 갈등 상황에 놓이면 힘겹고도 괴롭다. 특히 아직 성장 과정에 있는 십대 중반, 중학생 때 겪는 갈등은 어른들에 비해 중압감이 훨씬 크고 스트레스 지수가 높다. 그래서 별것도 아닌 소소한 일로 극단적 선택을 하는 경우도 종종 있는 것이다. 정말로 충격적이고도 슬픈 일이다.

그 때문에 나는 십대들의 바람직한 롤모델을 제시해야겠다는 일종의 사명감을 갖게 되었다. 그래서 약 4개월에 걸쳐 작품 구상과 자료 수집을 마치고, 약 5개월 동안 집필을 했다. 집필 과정 중에는 등장인물들의 개성화, 갈등 구조 짜기, 주제를 어느 정도로

부각시킬 것인가로 고민에 빠져 여러 차례나 고쳐 써야 했었다.

이 소설에서는 중3 여학생 조은비를 주인공으로 삼았다. 도시 중학교의 중3이 아니라 시골 중학교의 중3이다. 도시보다 상대적으로 생활 환경과 교육 여건이 열악하고 문화 혜택이 적은 시골 중학생들에게 초점을 맞추었다. 그들의 용기를 북돋워주고 자긍심을 가지라고 격려해주기 위해서다. 개인적인 관찰과 인터뷰, 자료를 통해 시골 학생들이 도시 학생들에 비해 의기소침하며 자존감이 부족하다고 느꼈기 때문이다.

그 나이에는 대개 그렇듯 은비도 여러 복합적인 갈등 상황에 빠진다. 아빠 엄마 동생하고의 갈등, 학교 친구와의 갈등, 담임과의 갈등, 동네 사람과의 갈등 등. 갈등으로 하루를 시작하고 갈등으로 하루를 끝낸다. 그렇게 얽히고설킨 갈등을 은비가 과연 어떻게 해결해나가는지, 자연스럽게 이야기를 풀어나감으로써 또래 중학생들이 참고하도록 의도했다.

또한 은비를 중심으로 한 동아리 아이들의 활동을 통해 '생명은 모두 아름답고 똑같이 소중하다'는 메시지를 담아내려고 애를 썼다. 일부 어른들의 그릇된 보신문화로 야생동물들이 처참하게 목숨을 잃는 경우가 허다하기 때문이다. 생명에 대한 사랑이 인간의 가장 기본적인 덕목임을 깨달았으면 좋겠다.

더 깊은 이야기로 시골 아이들과 도시 아이들의 한 바탕 통쾌

한 토론전을 펼치고도 싶었으나 원고 분량 관계로 보여주지 못한 게 아쉬움으로 남는다. 기회가 된다면 '고3 조은비'를 통해 은비의 괄목상대한 성장과 화수분 같은 매력을 낱낱이 소개하고 싶다.

모쪼록 이 소설을 통해 우리나라 중학생들이 주인공 조은비처럼 당당하고 꿋꿋한 청소년이 되기를 바란다. 어떠한 갈등, 어떠한 역경에 처하더라도 좌절하지 않겠다는 본인의 의지만 굳세면, 해결될 수 있는 국면으로 상황이 바뀌든지 또는 도움을 주는 사람이 나타나기 마련이다. 따라서 곰처럼 묵묵히 추운 겨울을 견디며 따뜻한 봄을 기다리는 인내심도 필요한 것이다.

문득 우리 중학생들에게 응원의 함성을 크게 외쳐보고 싶은 충동이 인다. 전국의 조은비 중학생 여러분, 힘내세요. 파이팅! 아자자! 끝으로 책을 출간해주신 '특별한 서재'에 진심어린 감사를 표한다.

2017년 12월

양호문

중3 조은비

ⓒ 양호문, 2017

초판 1쇄 인쇄일 | 2017년 12월 13일
초판 1쇄 발행일 | 2017년 12월 22일

지은이 | 양호문
펴낸이 | 사태희
디자인 | 박소희
마케팅 | 최금순
제작인 | 이승욱

펴낸곳 | (주)특별한서재
출판등록 | 제2017-000024호
주 소 | 07400 서울시 영등포구 신길로119, 103-101
전 화 | 02-3273-7878
팩 스 | 0505-832-0042
e-mail | specialbooks@naver.com
ISBN | 979-11-961499-8-7 (43810)

이 도서의 국립중앙도서관 출판시도서목록(CIP)은 서지정보유통지원시스템 페이지(http://www.nl.go.kr/ecip)와
국가자료공동목록시스템(http://www.nl.go.kr/kolisnet)에서 이용하실 수 있습니다. (CIP2017032789)